크베리

WELCOME! 20's WOR(L)DS

오랜만에 산책을 나갔는데 무언가 동그란 것이 발끝에 툭 채였다. 덜 익은 푸른 매실이었다. 바쁜 일상 속에서도 어김없이 여름은 훌쩍 와 있었다. 출판사로부터 출간 제안이 왔던 것도 여름이었다. 무더웠던 작년 여름, 얼떨떨한 기분으로 메일을 읽던 기억이 새록새록 떠오른다.

이 책의 시작은 브런치에 사적으로 연재하던 20대 인터뷰 문답집 〈hey,〉였다. 〈hey,〉는 20대 친구들에게 한 달에 하나의 질문을 던져 인터뷰 형식으로 기록한 콘텐츠다.
출판사로부터 처음 출간 제의를 받았을 때는 〈hey,〉를 책으로 만들어 보자는 건 줄 알았다. 하지만 알고 보니, 20대를 상징하는 키워드를 모아 에세이를 내 보자는 출판사의 원대한 기획이 있었다.
20대의 시선에서, 20대를 상징하는 다양한 키워드에, 20대만의 솔직담백한 이야기를 해 보고 싶다는 제안에 나도 모르게 흔쾌히 '해 보자'는 마음이 앞섰다. 무엇보다 이 이야기는 20대인 지금이 아니면 쓸 수 없을 거라는 생각과 사명감까지 더해져 지금이 나이스 타이밍이라는 생각까지 들었다.

20대는 알쏭달쏭하면서도, 자신만의 근사한 모습으로 저마다의 삶을 살아간다. 그야말로 '이상'하면서도 너무나 '이상적'인 모습이다. 이 책은 그런 나를 포함한 20대의 다양한 얼굴들을 재미난 키워드로 수집해, 총 다섯 장으로 나누어 안내한다.

첫 번째 장은 '유행과 트렌드'에 관한 키워드 모음이다. 틀에 박힌 기준을 무너뜨리고 가치의 경계를 허무는 '힙스터'스러운 20대의 모습은 어떨까? 개성 있는 나를 보여 주기 위해 벌이는 20대의 다양한 시도를 엿볼 수 있는 'Hot & Hit' 챕터라고 할 수 있다. 이 안의 키워드를 따라가다 보면, 또 다른 나만의 멋을 새롭게 발견하게 될 것이다.

두 번째는 '취향과 영감'에 관한 이야기이다. 무언가를 좋아한다는 것은 그만큼의 세계를 끌어안고 가는 것과 같다. 책부터 음악, 브랜드까지 자신만의 장르를 만들어 가는 20대의 일상을 다양한 키워드로 보여 준다. 취향 가득한 20대의 세계를 똑똑 노크해 볼 차례다.

세 번째, '마음과 건강'은 스스로에게 다정하기로 마음먹은 20대의 부지런한 성장기다. 몸과 마음을 돌보고 건강을 챙기는 20대의 고군분투를 낱낱이 소개한다. 과연 그들의 마음속 고민은 무엇이며, 어떻게 이겨 내고 있을까. 슬기로운 힌트를 얻어 보자.

네 번째 장인 '꿈과 성장'은 꿈 많은 20대의 하루를 보여 준다. 현실 속에서 자유롭게 자신만의 길을 개척하는 20대들은 아침부터 밤까지 눈코 뜰 새 없이 분주하다. 치열한 하루하루를 살아가지만 동시에 낭만적인 20대의 하루에는 얼마나 독특하고 유쾌한 도구들이 숨어 있을까?

마지막 장인 '유대와 연대'에서는 보다 더 넓은 세계를 끌어안고 선한 목소리를 내고자 하는 20대의 모습을 담았다. 20대들은 더불어 사는 삶을 위해 사회 속에서 끊임없이 자신의 역할을 고민한다. 다정한 그들의 손을 맞잡아 보자.

책을 작업하면서 많은 20대 인터뷰이들의 도움을 받았다. 여기에 참여한 20대 인터뷰이들의 답변이 모든 20대를 대변할 수는 없겠지만 최대한 객관적인 시선에서 20대의 목소리를 담기 위해 노력했다. 소소하지만 소중한 우리의 이야기들을 돌멩이 고르듯 어루만지며 글을 쓸 수 있어서 더없이 행복하고 값진 시간이었다. 모든 답변을 싣지는 못했지만, 하나도 남김없이 마음속에 담아 두었다. 진심으로 고마운 마음을 전하고 싶다.

'2렇게나 2상한 20대의 이야기'가 모든 계절을 통과해 하나의 책에 담겼다. 책의 제목처럼 20대는 참 '이상'하고 보다 더 '이상적'이다. 이 책은 그런 20대의 이야기이고, 이 안에 담긴 키워드는 나를 포함한 20대들의 다양한 얼굴이다.

이상하고 이상적인 세상의 모든 20대와
앞으로 20대를 맞이할 이들,
이미 20대를 지나온 이들,
그리고 20대가 궁금한 모든 이들과 이 책을 함께하고 싶다.

20대 한복판에서
소원

차례

CHAPTER 1

세상은 나를 중심으로 돌아간다

유행과 트렌드

CHAPTER 2

What's in my bag?

취향과 영감

CHAPTER 3

지속가능한 쉼을 찾아서

마음과 건강

CHAPTER 4

옆으로 옆으로 뻗어 나가다

꿈과 성장

CHAPTER 5

힙스터베이아를 꿈꾸다

유대와 연대

유행과
트렌드

세상은
나를 중심으로

CHAPTER 1

돌아간다

내가 가진 또 다른 모습

부캐

'누구나 마음속에 알을 가지고 있다.'

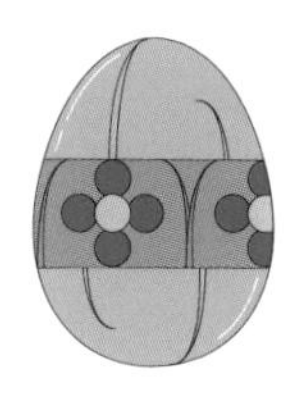

어릴 적, 유명했던 애니메이션 〈캐릭캐릭체인지〉는 이런 대사로 시작된다. 진짜 원하는 모습을 꿈꾸면, 그 알이 '수호 캐릭터'가 되어 필요할 때마다 나를 변신시킨다. 소심하고 솔직하지 못했던 주인공 아무는 때에 따라 당차고 러블리한 치어리더 '란'으로, 감성 풍부한 예술가 '미키'로, 상냥하고 친근한 요리사 '수'로 변신한다. 수호 캐릭터의 힘을 빌려 갖가지 사건들을 해결하는 아무를 보면서 어린 꼬마였던 나는 내가 갖지 못한 모습을 꿈꾸며 모든 방면에서 재주꾼이 되고 싶었다.

지금은 연예인을 비롯해 많은 사람이 본래의 모습 외에 다양한 흥미와 재능을 살려 이런저런 부캐를 만들고 있다. 국민 MC가 신인 트로트 가수가 되고, 개그맨이 식품 회사 본부장이 되기도 한다. 말 그대로 꿈꾸는 어떤 모습이든 빌릴 수 있는 부캐는 자신을 이런저런 모습으로 다양하게 표현하고 싶은 20대에게도 매력적인 장치가 된다. SNS가 발달하고 본격적으로 사회생활을 시작하면서 사람과 상황에 따라 나의 다른 페르소나를 만들 수 있고 클릭 몇 번에 새로운 계정을 마음껏 만들 수 있기 때문이다. 어쩌면 〈캐릭캐릭체인지〉에서 밤마다 간절히 꿈꾸며 속을 애태우는 것보다도 훨씬 수월한 일이다.

주변의 20대 인터뷰이들에게 만들고 싶은 부캐가 있냐는 질문을 던졌더니, 이미 SNS 계정을 통해 제2의 아이덴티티를 펼치고 있는 이들이 있었다. 벌써 1천 명이 넘는 팔로워를 가진 인테리어 계정을 운영하는 친구 H는 자신의 부캐를 '리현'이라 소개하며 송도 오피스텔에서 '갬성' 있는 자취 라이프를 즐기는 인테리어 인플루언서라고 했다. 또 일상을 다양한 형태로 SNS에 기록하고 이런저런 대외 활동을 하며 콘텐츠를 만들고 있는 친구 S는 '비록'이라는 이름을 붙여 소리 없는 글로 세상에서 가장 큰 소리를 내는 크리에이터라고 자신을 소개했다.

이외에도 많은 인터뷰이가 마음에 품고 있는 부캐를 들려주었다. 빵을 구워 주위 사람들에게 나눠 주는 홈베이커, 외국어를 배우며 곳곳을 누비는 세계 여행 유튜버, 통기타나 우쿨렐레를 연주하는 싱어송라이터, 향초와 키링을 만드는 공방 사장님, 천문학자 겸 유튜버 등 생각보다 많은 사람들이 자신만의 부캐를 가지고 있었다.
문득, 나도 '그을(글을 천천히 발음한 이름)'이라는 부캐를 만들어 보고 싶어졌다. 편지나 짧은 글로 꿈과 고민, 꺼내기 힘들었던 이야기를 나누는 플랫폼을 운영하며, 아침에는 온 편지들을 정리하고, 낮엔 답장을, 밤엔 팟캐스트로 대화의 장을 여는 게 일과인 사람. 마음속에 담아 둔다면 언젠가 현실이 될 수 있지 않을까?

한편 어떤 콘셉트나 세계관을 가진 직업인으로서의 부캐가 아닌, 원하는 성격을 가지고 싶은 이들의 답변도 있었다. MBTI가 ENFP인 어느 인터뷰이는 어떤 말을 들어도 뻔뻔하고 유쾌하게 받아치는 ST형 여성의 부캐를 갖고 싶다고 말했다. 툭 던진 말에도 쉽게 상처받는 편이라, 뻔뻔함이라는 단단함으로 부캐를 만든다면 자존감도 더 올라가고 인생이 다채로워질 것 같다는 것이다. 또 다른 인터뷰이는 밝고 넉살 좋은, 사회생활용 부캐를 만들고 싶다면서 표정을 숨기지 못하고 거짓말을 못해 감정을 곧잘 들켜 버린다며 표정 관리가 중요한 사회생활에서 이런 점이 불리하다고 털어놓았다.

〈캐릭캐릭체인지〉에서 아무의 수호 캐릭터들은 본래 그녀의 성격과는 정반대인, 그렇기에 변하고 싶었던 모습이 반영된 것으로 나타난다. 쌀쌀맞게 구는 대신 살갑고 적극적으로 다가가고 싶고, 누군가 고민이 있으면 들어주는 다정한 자신의 모습. 하지만 돌이켜 보면, 그때 그 수호 캐릭터들은 아무의 잠재된 재능들이었다.

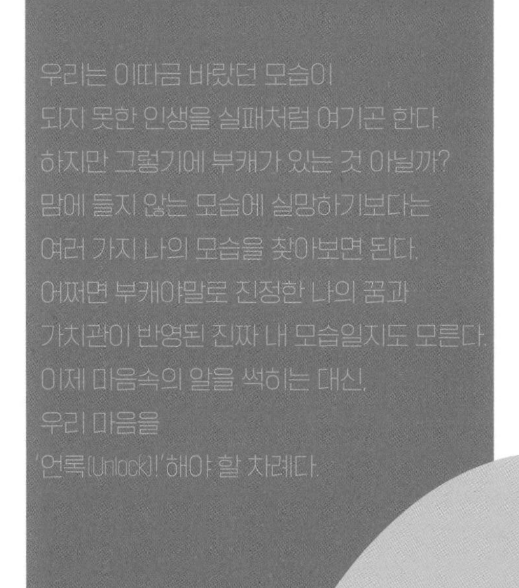
우리는 이따금 바랐던 모습이
되지 못한 인생을 실패처럼 여기곤 한다.
하지만 그렇기에 부캐가 있는 것 아닐까?
맘에 들지 않는 모습에 실망하기보다는
여러 가지 나의 모습을 찾아보면 된다.
어쩌면 부캐야말로 진정한 나의 꿈과
가치관이 반영된 진짜 내 모습일지도 모른다.
이제 마음속의 알을 썩히는 대신,
우리 마음을
'언록(Unlock)!'해야 할 차례다.

뚝심 걸고 내건 나만의 간판

힙

기존의 흐름에 벗어나려는 아웃사이더이자, 청개구리처럼 자신만의 고집을 가진 사람들, '힙스터'는 남들이 좇는 유행으로부터 삐딱선을 타 자신만의 스타일을 가꿔 나가는 '비주류'를 일컫는 말이다. 하지만 그 비주류는 곧 다름을 추구하는 이들에게 동경의 대상이 되고, 많은 이들이 따라 하면서 유행이 된다. 그렇게 주류가 된 멋을 다시 '힙'이라고 부르는 뫼비우스의 띠, 그것이 오늘날 쉽게 정의하기 어려운 힙의 정체성이 아닐까. 그렇다면 '트렌디한 것'이 힙일까, '트렌디를 따르지 않는 것'이 힙일까?

흔히 '힙하다'라고 하는 많은 것들은 예전에는 오히려 멋없다고 치부되는 것들이었다. 통용되는 멋에서 먼 발짝 떨어져 있는 것들, 가령 을지로(힙지로)의 오래된 간판들이나 패션 테러리스트의 지름길이었던 기상천외한 형광 컬러 같은 것들이다. 힙스터는 남들이 다 촌스럽다고 생각할 때, 그 안에서 고유의 멋스러움을 발견할 줄 아는 자가 아닐까. 그런 의미에서 일상에서 늘 '힙'한 것을 찾아내고, 남들과 다른 멋을 내거는 이는 모두 힙스터다. 20대에게 '내가 생각하는 힙이란' 무엇인지 물었다.

'눈치 보지 않고', '시선을 신경 쓰지 않고'라는 어구가 자주 등장했는데, 그도 그럴 것이 우리나라에서 '눈치'를 잘 보는 태도는 유난히 좋게 평가된다. 오죽하면 '넌씨눈(넌 씨발 눈치도 없냐)'이라는 은어가 있을 만큼, 눈치 없는 사람은 사회생활에 미숙하고 흐름을 읽지 못하는 아웃사이더로 낙인찍히기도 한다. 우리는 '인싸'까지는 못 될지언정 아웃사이더로는 보이지 않기 위해 매 순간 스스로를 검열한다. '이렇게 입으면 촌스럽게 보이겠지?', '이런 성격을 내비치면 참 별스럽다는 소릴 듣겠지?' 그러면서 취향껏 골랐던 옷도 다시 주춤주춤 옷장 속에 집어넣고, 집 안에서는 나만의 독특한 취미 생활을 즐겨도 밖에선 필사적으로 숨기기도 한다.

힙이란 '타인을 과도하게 의식하며 비슷한 것을 만들어 내는 것보다 하고 싶은 방향을 확실히 보여 주는 것'이란 답변처럼, 각자 하고 싶은 것을 도리어 당당히 보여 준다면 100가지 비슷한 표준보다 100가지 개성이 우후죽순 쏟아져 나오지 않을까.

한 20대 인터뷰이는 힙스터를 '자신만의 무언가를 가지고 있는 사람'이라고 말한다. '무언가'라는 말이 아리송하게 느껴질 무렵 또 다른 답변들이 쏟아졌다. '자신의 신념대로 행동하는 것', '소신대로 사는 것', '자신의 철학을 살린 것'. 타인의 시선을 감당한 채 나만의 길을 가려면 굳건하고 강한 사고로 무장해야 한다는 기세가 엿보인다. 나다운 무언가를 찾기 위해 두리번거리지 않더라도 나는 이미 내 안에 필요한 것을 갖추고 있다. 한 인터뷰이는 힙을 이렇게 말했다. '애써 뽐내지 않아도 멋이 나는 것'이라고.

"새로운 감정, 독특한 발상,
재미난 자극을 느끼면
힙스럽다고 표현해요. 그리고
그 순간부터 닮고 싶어져요."

"독특하면서도
cutting-edge한 것
아닐까요?"

"긍정적이든 부정적이든 보자마자
감탄부터 나오는 거요!"

대상이 낯설고 당황스럽더라도 나에게 새로운 감정이나 자극, 감탄으로 다가오면 힙하게 받아들인다는 것으로 이해된다. '힙'을 향한 너그러운 태도는 다른 답변에서도 이어진다.

"부자연스럽거나 과해 보이는 것을
자신만의 스타일로
소화해 내는 거요."

"처음 봤을 땐
특이하고 이상한데 왠지
그 사람에게 잘 어울린다는
생각이 드는 것 아닐까요."

주류에서 벗어나거나 그동안 없었던 너무 파격적인 것들은 처음 맞닥뜨리면 신선한 자극으로 다가온다. 그 자극을 불편해하며 내치기보다는 힙하다는 시선으로 마주하면, 왠지 시간이 흐르며 점점 매력적으로 보일 수 있다. 바로 그 '자극'과 '볼매(보면 볼수록 매력 있는)'가 비주류에서 출발한 힙의 고유성이다.

비주류였던 것이 힙하다고 인정받으며 주류로 부상하면, 그것을 따르려는 사람들이 모여 어느새 유행이 되고 트렌드가 된다. 과연 트렌디한 것이 힙한 것인가, 트렌디하지 않은 것이 힙한 것인가. 한 인터뷰이는 '유행을 추구하는 대신 자신만의 스타일을 개척하여 제3자로 하여금 멋을 느끼게 하는 부류'라고 했고, 또 다른 인터뷰이는 '남들이 생각하지 못했던 것이나 선뜻 시도하기 어려운 것들을 먼저 시도해 트렌드를 주도하는 것'이라고 했다.

언뜻 보면 전자는 '유행을 추구하지 않는' 편에, 후자는 '트렌드를 주도하는' 편에 손을 들어 주는 듯 보이지만, 여기서 '개척'이라는 단어를 눈여겨볼 필요가 있다. 개척의 뜻은 '거친 땅을 일구어 쓸모 있는 땅으로 만듦' 혹은 '새로운 영역이나 진로 따위를 처음으로 열어 나감'으로, 이렇게 보면 두 답변은 사실 비슷한 말을 하고 있는 것이다.

유행의 변두리에 있는 것들을 나만의 안목으로 건져 올려 새로운 유행으로 만들어 내는 것, 유행이 아니었던 것을 유행으로 만들어 가는 것 자체가 '힙'의 프로세스인 것이다. 그렇다면 유행을 따르는 사람들도 어떤 면에서는 힙스터로 볼 수 있지 않을까. 트렌드를 따르든 따르지 않든 자신이 멋지다고 인정한 것을 뚝심 있게, 고집스럽게 좋아하는 태도가 힙스터를 생산해 낸다. 한 인터뷰이는 힙한 태도로 '당당하게 나의 이유를 가지는 것'을 들었다. 자, 눈치보지 말고 나만의 멋을 위해 맘껏 삐딱선을 타 보자.

나다운 일상을 위한 매일의 계율

루틴과 리추얼

다음은 루틴의 사전적 의미이다.

[Routine

- 1. 일상
- 2. 작업을 실행하기 위한 일련된 명령]

여기서 이 두 가지 사전적 의미를 한데 합치면, 바로 오늘날 우리가 열광하는 '루틴'의 뜻이 된다. 말하자면 내가 바라는 특정한 라이프 스타일이나 마음 상태 유지를 실행하기 위한 명령어가 '루틴'인 셈이다. 의식적으로 행하는 절차라는 뜻에서 '리추얼(Ritual)'이라는 비슷한 개념도 생겨났다.

성공한 이들에겐 모두 루틴이 있다고 한다. 매일 새벽 4시에 일어나 5~6시간 글을 쓰고 오후엔 달리기나 수영을 했다는 무라카미 하루키의 루틴은 이미 유명한 이야기다. 그들의 루틴으로부터 힌트를 얻은 우리는 더 나은 삶을 위한 나만의 행동 양식을 마련하는 움직임에 동참하기 시작했다. 하루를 돌아볼 여유가 없는 현대 사회에서, 나를 돌보기 위한 특별한 규칙과 명령어를 만들기 위해. 그리고 오롯이 스스로 내 일상에 명령을 내리고 컨트롤할 수 있는 소중한 시간을 가지기 위해서.

'라스트 1Hour 루틴'. 이 루틴은 내가 직장 생활을 시작하고 두 번째 자취를 시작하며 만든 루틴이다. 자기 전 마지막 1시간 동안 하루를 온전히 마무리하고 편안하게 잠들기 위한 시간으로 만들기 위해서였다. 우선 불을 끄고 따뜻한 캔들로 방을 밝힌 뒤, 하루 끝에 듣고 싶은 플레이리스트를 설정하고, 잊었던 영양제를 챙겨 먹고 일기를 쓰고 책을 읽고 요가를 했다. 사실 꼭 자기 전이 아니더라도 하루 중 틈틈이 욱여넣을 수도 있었던 이 사소한 행위들은, '자기 전, 씻고 잠옷으로 갈아입은 채, 방에서'와 같은 규칙과 명령어 아래 묶여 있을 때 비로소 진정한 나만의 성스러운 리추얼이 된다.
이렇듯 루틴의 핵심은 '일상의 규칙'이다. 아주 작고 소소한 규칙일지라도 자신과의 약속을 지키고 꾸준히 실천하는 데서 오는 긍정적인 변화를 믿는 것이다. 의식적으로 마음을 정화

하고, 자신에 대한 믿음을 가진다는 점에서 리추얼이라는 단어에 깃든 성스러운 뉘앙스와도 맥을 잇는다. 일상을 의식적으로 다듬으며, 내 삶을 자율적으로 통제하는 신이자 주인공이 된 것 같은 충만감을 느끼는 시간이다. 누가 그랬던가. 진정한 자유는 규칙에서 온다고!

부지런한 루티너(routiner)들이 가장 관심을 기울이는 시간대는 아침! 이때는 특히 밤새 묵었던 것들을 서서히 다시 움직이고 환기시키는 '정화'의 행위가 필요하다. 그중에서도 꼭 언급되는 것은 '몸을 움직이는 것'과 '환기'다. "집순이라 일상이 정말 단조로운데 그만큼 쉽게 우울해져서 아침에 일어나면 꼭 가벼운 스트레칭과 명상을 해요", "이불 정리하고 환기하고 룸 스프레이를 뿌리고 식물을 돌보고 기도를 해요". 일어나자마자 바로 다이빙하듯 출근하거나 학교에 가면, 우리 몸은 난데없이 '새로운 하루'라는 계모에 모질게 얻어맞는 느낌으로 하루를 시작하는 꼴이다. 생각하니 자다가 갑자기 알람에 봉창 맞고 현생에 내던져지는 몸에게 꽤 미안한 일이 아닐 수 없다. 하루의 시작이 좋으면 일이 더 잘 풀리는 것 같다는 한 인터뷰이의 말처럼, '술술' 풀리는 하루를 위해 몸과 마음의 감각을 '슬슬' 자극한다.

"하루를 마무리할 때는 꼭 따뜻한 물에 샤워를 해요.
경직된 몸을 풀어 주고 생각을 정리하는 데 큰 도움이 돼요."

저녁에 필요한 동사는 바로 '가라앉히기'와 '주무르기'.
하루 동안 잔뜩 곤두서 있던
몸과 마음의 긴장을 물속에 쌀알 가라앉히듯,
포근한 빵 반죽을 부드럽게 주무르듯 풀어 줘야 한다.

"자면서 비행기 ASMR을 들어요."
"뜨거운 물에 샤워하고 플레이리스트를 정해요."
"영양제를 먹고 식물에게 인사해요."
"오늘 하루 감사한 일과 다짐을 적어요."

자기 전 자극하기 좋은 감각으로는
'청각'과 '온도'를 꼽을 수 있다.
'라스트 1Hour 루틴'에서 편안한 플레이리스트를 틀거나
따뜻한 빛깔의 조명으로
방 안의 온도감을 조성했던 것처럼 말이다.

"주말 중 하루는 꼭 홀로 카페에 가서 생각을 정리하는 시간을 가져요. 한 주를 돌아보며 잘한 점, 아쉬운 점, 인상에 남는 사건을 정리하는 거죠. 엉켜 있는 생각을 풀고 나면 다음 주를 더 잘 맞이할 수 있어요." 여유가 생긴 날에는 각자 나름의 정리 루틴이 눈에 띈다. "일주일에 두세 번씩 청소 테라피를 합니다. 한 달에 한 번은 방 구조를 바꿔야 해요. 소품을 바꾸거나 아예 대공사를 할 때도 있어요. 깨끗해진 곳에서 다시 계획을 짜고 새로운 마음으로 시작하는 거죠." 새로운 마음가짐을 위해 그동안 엉킨 것들을 리셋하는 것이다.

"여유가 없고 삶의 템포가 무너진 것 같을 때 식사 일기를 써요. 삼시 세끼만큼이라도 나를 돌아보자는 마음으로 하루의 끼니에 관해서 적어요. 어떻게 식사를 준비했고, 뭘 먹었고, 음식이 나에게 어떤 느낌을 가져다주었는지 적으면 그날의 마음 상태가 고스란히 보여요." 편안한 향기로 후각을, 감미로운 음악으로 청각을, 따뜻한 온도로 촉각을 자극했다면 다음은 미각이다. 끼니를 챙겨 먹는 시간은 하루 딱 세 번 주어지는, 생활을 위한 기본을 돌보는 신성한 시간이다. 일상이 내 맘대로 잘 굴러가지 않는 듯한 느낌이 들 때면, 오히려 가장 기본적인 것으로 돌아가, 애정 어린 마음으로 가꾸는 시간을 가지는 것이다. 그리고 그중 제일은 정성이 담긴 맛있는 밥을 차려 먹는 게 아닐까.

영화 〈461개의 도시락〉에는 이런 대사가 등장한다. '먹는 건 중요해. 만족스러운 음식을 매일 제대로 먹을 것. 그러면 무슨 일을 하든 잘될 거야.' 일상의 루틴 또한 마찬가지다. 한 끼쯤 거르는 것은 대수롭지 않을 정도로 일상에서 사소하고 당연하게 여겨지는 식사의 행위도, 매일 제대로 정성스럽게 음미할 때 그것이 쌓여 일상의 어떤 자극에도 버틸 수 있는 든든한 양식이 된다. 루틴이 불러오는 기적 또한, 사소하기 때문에 놓칠 수 있었던 것들을 의식적으로 내 삶 속으로 불러들이는 집요한 정성에 있다. 매일, 꾸준히, 나와의 약속을 지키며 하루를 진정한 내 것으로 만드는 일, 그것이 지금 이 순간, 우리가 하고 있는 신성한 행위다.

나를 알고 너를 알자

MBTI

MBTI를 비롯해 바야흐로 'OO 유형 테스트(레이블링(Labeling) 테스트)' 전성시대다. '라벨링'이라고도 하는 이 단어는 말 그대로 규정한다는 뜻이다. 말마따나 지금 우리는 규정하고, 규정되는 것에 미쳐 있다. 지겹도록 규정되던 학창 시절에 실컷 반발심을 가져 놓고, 왜 우리는 여전히 자처해서 정체성을 규정당하고 싶어하는 걸까?

20대가 되자마자 우리는 자아를 탐색할 충분한 여유도 갖지 못한 채, 갑자기 내가 어떤 사람인지 찾아야 하는 과제에 직면했다. 고군분투 끝에 어느 정도 나를 알고 슬슬 자소서를 써 볼까 싶었더니, 인간관계를 위한 사교 요령까지 터득해야 한다고 한다. 그런 '나를 알고 너를 알자' 과제들에 속수무책으로 당하는 우리에게 제공되는 16개의 선다형(MBTI)은 효율적이면서 어느 유형에 해당하는지 고르는 재미까지 안겨 준다.

알고 있었으나 말로 표현하기 어려웠던 내 성격을 명쾌하게 정리해 주고, 몰랐던 자아까지 발견해 준다. 심지어 다른 '보기'는 어떠한지 구경하는 재미도 있고, 같은 MBTI인 사람과는 소속감과 연대를 형성하기도 한다. 오늘날 MBTI는 하나의 놀이인 동시에 자아와 타인을 다양하게 바라보고, 성격 차이에서 오는 크고 작은 문제를 해결할 수 있는 유용한 척도이기도 한 것이다.

지금의 20대는 타인을 단 한 가지 유형으로만 재단하지 않으면서도 심층적으로 이해하고 공감하기 위해 MBTI를 어떻게 활용하면 좋을지 나름대로 자신의 기준을 만들어 가고 있다. "나에게 MBTI는 취미가 뭐예요? 좋아하는 음식이 뭐예요? 처럼 초반의 아이스 브레이킹을 위한 질문 중 하나예요. 그 이후로는 직접 소통하며 그 사람을 알아가려고 해요", "대화 주제가 확실히 늘어났어요. 이제는 MBTI를 물어보며 서로의 성향을 맞춰 봐요".

이렇게 서로의 유형을 탐색하다 보면, 유형과는 동떨어진 '그 사람만의' 특별한 무엇을 알게 되기도 한다. "MBTI를 처음 들으면 그 유형에 대해서 찾아보고 그 사람의 성향에 대해 예상해 봐요. 그리고 점점 친해지면서 그 사람 자체를 알아가려 해요". 한편, 누군가의 MBTI를 알고 선입견을 가지게 됐다는 인터뷰이도 있었다. "관계를 유지하기 힘들었던 사람과 같은 MBTI인 사람을 만나면, 나도 모르게 선불리 평가하게 되는 경우가 있더라고요."

첫 만남이 유독 두려운 사람들이 있다. 이런저런 대화를 거침없이 나누기보다, 천천히 조심스레 다가가고 싶은 이들에게도 MBTI는 유용하다. "낯을 많이 가려서 누군가와 친해지기까지 오래 걸리는 편인데, 나와 같은 MBTI라는 걸 알게 되면 경계를 허물고 편하게 다가가게 돼요. 별로 친하지 않던 사람이라도 바로 내적 친밀감이 느껴지고 왠지 좋아지더라고요."

'나는 내가 가장 잘 알아'라든지 '난 원래 이런 사람이야'라고 입버릇처럼 말하는 일이 많지만, 어쩌면 나를 가장 모르는 건 나일지도 모른다. MBTI는 내가 미처 발견하지 못한 나의 모습을 슬쩍 알려 주기도 한다.
"스스로 사람을 가리는 성격인 것 같다고 생각했어요. 깊은 인간관계를 맺기 어렵다는 말을 듣기도 했고요. 그런데 친한 친구들의 90%가 ENFP인 걸 알고 너무 신기했어요. 제가 어떤 사람들과 함께 있을 때 즐거운지 알게 되었고, 'ENFP 수집가'가 아닌가 하는 생각까지 들었죠."

MBTI는 서로의 다른 점을 인정하고,
이해하게 하는 계기를 마련하기도 한다.

"나는 상대가 아프면 옆에서 계속 챙겨 주는 편인데
남자친구는 최대한 가만히 두는 스타일이에요.
처음엔 내가 아픈 것에 관심이 없나 생각했는데
MBTI를 알고 나서 오히려 내가 편안하게
쉴 수 있도록 배려했다는 걸 알았어요."

"INTP 친구가 놀자고 불러도 잘 안 나오고
평소에도 차가운 면이 많아
서운한 적이 많았는데,
원래 집에 있는 것을 좋아하고
주변에 별 관심을 두지 않는
성향이라는 것을 깨달아
이젠 상처를 덜 받게 됐어요."

그러나 MBTI 비신봉자들은 이렇게 외친다. "사람을 16가지 유형만으로 분류할 수 있다는 게 말이 돼?" MBTI는 스펙트럼이다. 어느 한쪽의 유형이 나왔다고 해서 정반대 유형의 특징을 가지고 있지 않은 것이 아니다. 예를 들어, 빨강을 많이 섞고 파랑을 조금 섞으면 자줏빛이 되고 빨강을 조금 섞고 파랑을 많이 섞으면 청보랏빛이 되듯, 그냥 '보라'라고 통칭해 버리기보다는 그 안에 다양한 빛깔의 보랏빛이 빛나고 있음을 알자는 의미이다. MBTI를 통해 누군가를 알아가고자 하는 행동에는 타인을 좀 더 넓고 섬세하게 들여다보려는 마음이 담겨 있다. 다만 그 가운데 나와 맞거나 맞지 않는 개인의 취향만이 있을 뿐!

존엄을 되찾는 사소한 시발점

시발비용

스트레스 해소를 위해 홧김에 질러 버린 충동 소비

Xibarr

total

'시발!'로 시작해 '시발……'로 끝나기 쉬운 비용. 짜증 나지 않았다면 지르지 않았을 비용이라는 걸 알기에 찾아드는 억울함, 소비를 부른 상황에 대한 분노, 비어 버린 잔고를 보고 드는 허망함 등 '순간적인' 위로에 비해 다소 부정적인 감정들이 몰려오는 이 소비, 이름하여 '시발비용'이다.
종강과 퇴고를 앞둔 지금, 나의 매일매일은 시발비용의 연속이다. 도무지 입에 뭔가를 넣지 않으면 아무것도 할 수 없는 지경에 이르렀다. 원래 단것을 좋아하지 않아 사탕, 초콜릿, 빵 같은 것은 절대 내 돈 주고 사 먹지 않는 내가 어느새 습관처럼 빵집 닫는 시간을 확인하고 부랴부랴 집을 나선다. 그렇게 사 온 빵은 며칠 안 가 곰팡이가 피는 바람에, 버리는 양만 반절이다. 낮에는 커피 한 잔도 아끼는 판에 이놈의 야식 때문에 지갑의 돈이 줄줄 샌다. 하지만 어쩌겠는가. 입이라도 즐거워야 오늘 하루를 버틸 수 있을 것 같은데!

20대 인터뷰이들과의 문답 결과, 시발비용을 쓰는 순간들을 크게 세 가지로 분류할 수 있었다. 첫 번째는 말 그대로 '시발'적인 순간들이다. 학교나 회사에 다니면서 스트레스받을 때, 압박감이나 부담을 심하게 느낄 때, 업무 피로도가 극도로 높은 날 등 안타깝게도 주로 회사와 학교에 대한 답변이었다.

"상사가 너무 화나게 해서 휴무일만 기다렸다가
옷 가게를 정복해 거금을 쓴 기억이 있어요."

"기말고사를 망치고 너무 화나고 슬퍼서
치킨과 떡튀순 세트를 포장해
집에 가서 먹으며 울었어요."

"넘쳐나는 과제 때문에 힘들 때
기분 전환으로 고가의 원피스를 샀어요.
충동적으로 산 거라 잘 안 입게 돼서
볼 때마다 마음이 불편해요."

Xibarr

'앗, 시발!' 외치고 싶은 짜증나는 순간,
스트레스를 해소하기 위해 홧김에 질러버린 소비

CAUTION

시발비용 리스트는?

야근하고 홧김에 주문한 치킨	19,000
교수님께 과제 빠꾸 당해서 대학로 앞에서 질러버린 옷	59,900
지하철에서 내렸는데 갑자기 비와서 에라 모르겠다 코 앞인데 택시 탐	4,100
우연히 전남친 마주쳐서 생각도 없던 카페 들어가서 음료 시킴	6,400
생리하는데 생리대 없는 게 짜증나서 한 번에 몽땅 사재기	35,780
시험 망쳐서 그동안 장바구니에 담아둔 옷 한꺼번에 지름	207,900
헤어지고 친구들한테 술 쏨	56,240
상사한테 스트레스 받아서 퇴근길에 산 수입맥주 4캔	10,000

total

뒤로 가시겠습니까?

YES PLEASE

두 번째는 특별히 화가 나거나 고단한 순간이 아니더라도, 소비가 주는 단순한 기쁨을 만끽하고 싶은 시기가 있다. 일명 '소확행'이라고나 할까. "월급 받은 날 사고 싶었던 옷들을 다 질러 버렸어요. 다른 달보다 통장 잔고가 비어 마음이 무거워지긴 했지만 후회는 없어요", "홧김에 무작정 비행기 표를 끊고 여행을 다녀온 적이 있는데, 리프레시하는 데 굉장히 도움이 됐어요!" 확실히 시발비용이 지루했던 일상에 한 톨의 자극이 되어 주는 것에는 틀림없는 듯하다. 덕분에 삶의 활력을 조금이나마 되찾을 수 있다면 그거야말로 가치 있는 소비가 아닐까?

세 번째는 수고한 나에게 주는 선물이다. "너무 아끼고만 살았나 싶어, 이 정도는 써도 되지 않을까 싶을 때 사 버려요", "자격증이나 시험 등 큰 과제를 해냈을 때 질러요", "스스로에게 실망스러울 때 오늘은 이거 먹고 힘내자는 느낌으로 맛있는 음식을 시켜 먹어요. 맛있게 먹고 나면 다른 일을 열심히 하자고 마음을 다잡을 수 있게 돼요", "평소에 살까 말까 고민하며 장바구니에 담아 둔 물건들을 보상 심리로 구매해요. 하루의 고단함을 에너지를 쓰지 않고 가장 간편한 방식으로 해소하는 방법인 것 같아요".

고단한 하루를 보내고 수고한 자신에게 제대로 대접해 주는 것만으로도 자존감을 지킬 수 있는 것이다.

"스트레스받을 땐 옷 같은 것도 지르면서 풀 줄도 알아야지." 대학교 새내기 때 엄마가 내게 한 말이다. 스트레스를 받으면 바로 푸는 대신 저절로 사라질 때까지 마음속에 쌓아 두는 타입이었던 내겐 다소 파격적인 조언이었다. 엄마의 말처럼 때로 시발비용은 스트레스를 가볍고 유쾌하게 털어 내는 수단이 되기도 한다. 나를 위로하고 싶어 지르는 시발비용, 무의미한 낭비로 끝나는 것이 아닌, 재충전을 위한 위안이자 에너지가 된다면 그것이야말로 나를 위한 최소한의 '존엄 비용'이 아닐까?

인생의 굴곡을 즐기는 롤러코스터

주식

나는 '주알못(주식을 1도 모르는 사람)'이다. 저축이라는 성실하고 안전한 재테크를 두고 죄다 주식에 몰려든 지금의 우리를 보고 누군가는 이렇게 바라보기도 한다. 현실에 대응해 어떻게든 갖가지 술수를 써서 배를 불리고 말겠다는, 처절하고 눈물겨운 집착이 부른 한탕주의의 희생자……. 하지만 우리가 지금 주식에 관심을 기울이는 이유를 단순히 치솟는 집값과 취업 불안의 장벽에 맞서는, 현실적이고 계산적인 몸부림으로만 본다면 오산이다.

집조차 마련하기 어려운 시대라고 하지만, 우리는 그런 결핍에만 목매지 않는다. 더욱 의욕적으로 여행 가고 싶을 때 가고, 맛있는 거 먹고 싶을 때 먹는, 풍요롭고 낙관적인 라이프스타일을 위한 재정 상태를 꿈꾼다. 그런 미래를 쟁취하기 위해 불확실한 현실일지라도 지레 겁을 먹기보다, 낭만을 품고 유행에 편승하며 재미있게 해결책을 모색하려 한다. 롤러코스터 같은 인생의 굴곡을 대비하는 방법으로 택한 것이, 아이러니하게도 스릴 넘치는 롤러코스터를 타는 일인 것이다.

주식은 꿈꾸는 미래를 위한 현명한 술수를 공부하고 터득하며, 스스로 길을 개척해 나갈 수 있다는 희망과 주도권을 되찾는 진취적이고 낭만적인 재테크다. 원하는 방식으로 돈을 굴려 보려는 거침없는 우리의 도전은 비단 주식회사를 넘어 코인, NFT 등 다양한 영역으로 뻗어 나가고 있다. 언뜻 보면 기성세대의 재테크 철칙에서 벗어나 천방지축 길을 닦아 나가는 것처럼 보일지도 모른다.

그러나 인터뷰이들의 얘기를 들어보니 부모님의 권유로 시작했다는 답변들이 적지 않았다. "초등학생 때부터 아빠의 권유가 있었는데, 그땐 어려서 어렵기도 하고 필요성을 느끼지 못했어요.", "주식은 몸소 경제 공부를 할 수 있는 좋은 수단이라는 부모님의 권유로 하기 시작했어요". 유튜브 영상이나 SNS 콘텐츠 등의 영향으로 관심을 갖게 됐다는 답변도 있었다.

"유튜브 영상이나
주변으로부터
코인 대박이라는
얘기를 줄곧 들어서
20만 원으로 코인 주식을,
95만 원으로 해외 주식을
시작했어요."

"여러 경제 관련
콘텐츠에서
부자가 되려면
주식을 해야
한다고 해서요."

"한창 밈이나 짤,
드립 같은 게
전부 주식 관련일 무렵
호기심으로
계좌를 개설했어요."

주변에서 다들 하니까 일단 유행에 올라탔다는 이들도 많다. "주변에 주식하는 친구들이 돈을 벌길래, 공통된 대화 주제를 가지고 싶어서요", "남들도 다 하니까 호기심 반, 수익 창출에 대한 기대 반으로 시작했어요". 물론 지극히 현실적이고 경제적인 이유도 있다. "은행 이자보다 더 많은 이익을 얻을 수 있을 것 같아서요", "월급으로는 답이 없으니까요".

20대들은 슬기로운 재테크를 위해 다양한 것들을 실천한다. 재테크 관련 콘텐츠를 수시로 접하면서 친숙해지고, 비즈니스 유튜브를 보거나 기사와 뉴스레터로 경제 및 생활 지식을 습득한다. 주식 어플을 수시로 들여다보고 경제 관련 자격증을 따기도 한다. 또한 재테크 설명회 등 정보를 얻을 기회가 있다면 누구보다 적극적으로 찾아다닌다.

많은 20대가 주식에 뛰어들고 있지만 여전히 복잡하고 험난한 재테크의 세계에 발을 들이기 두려워하는 이들도 있다. 그러나 롤러코스터에 올라타 안전 규칙을 지키며 스릴을 즐기는 20대들은 점점 늘어나고 있다. 이것 또한 다양한 세상의 변화를 주도적으로 이끌어 가는 지금 20대만의 패기와 도전이 아닐까.

현대판 살롱으로의 초대장

뉴스레터

옛 귀족들이 세간의 이슈를 알고 취향과 예술을 즐길 줄 아는 문화인이 되기 위해 살롱을 찾았다면, 요즘 20대가 찾는 것은 뉴스레터다. 공교롭게도 뉴스레터의 사전적 의미도 '(클럽, 조직의) 소식지'다. 한마디로 뉴스레터는 현대판 온라인 살롱에서 날아오는 정겹고 알찬 초대장인 것이다. 분야를 막론하고 많은 브랜드가 이미 홈페이지, SNS 계정이 있음에도 불구하고 앞다투어 뉴스레터를 발행하고 있다.

공공연하게 모두가 볼 수 있는 채널을 두고 어째서 구독해야 받아볼 수 있는 뉴스레터에까지 정성을 쏟는 걸까? 그 이유는 대중이 아닌 팬덤을 만들고자 하기 때문이다. 내 의지와는 상관없이 랜덤으로 콘텐츠가 팝업되고 누구나 공개적으로 이야기하는 '광장' 같은 SNS와는 달리 내 메일함으로 쏙 도달하는 뉴스레터는 그 브랜드와 교감하기로 선택한 이들만의 사적인 살롱이 된다.

뉴스레터는 단순히 홍보를 위한 바이럴이 아닌, 브랜드가 지향하는 삶과 문화를 얘기한다. 또한 교양과 문화, 트렌드, 취향, 정보들이 조화롭게 큐레이션되어 매주 흥미로운 이야깃거리가 오간다.

한편 살롱의 주최자 또한 점점 확대되고 있다. 그동안 뉴스레터는 매주 알찬 콘텐츠를 제공할 수 있을 만큼 역량과 데이터가 쌓인 규모 있는 브랜드의 전유물이었다. 그러나 이제는 풍부한 영감과 스토리텔링 역량을 가진 개인이 늘어나면서, 그들만의 살롱을 만들어 같은 관심사를 가진 사람들과 하나의 커뮤니티를 만들어 가고 있다. 그렇게 개인의 사적인 관심사에 불과했던 것이 살롱의 메인 화두가 되고, 나아가 한 커뮤니티의 철학이 된다.

요즘 내가 빠져 있는 뉴스레터는 이름처럼 '편지' 형식의 뉴스레터다. 나만 받는 게 아니라는 걸 아는데도 불구하고, 글 너머의 일상을 보내는 한 사람과 일대일로 은밀히 대화를 나누는 것 같은 특별한 기분이 든다. 이렇듯 뉴스레터는 각자의 취향을 반영한 나만의 특별한 사적 공간이자, '좋은 걸 함께 공유'하는 소통의 공간이다.

우리가 집이 없지 취향이 없냐!

O세권

역세권에서 파생되어, 주거, 상업 환경에서의 접근력을 말하는 접미사 우리는 주거에서도 개성을 찾는다. 꼭 '역세권'이 아니더라도 나의 기호에 맞는 다양한 'O세권'을 찾아 나서는 것이다. 집 안에서 모든 것을 누릴 수 없다면 집 바깥을 더욱 캐주얼하게 누릴 수 있어야 하기 때문이다. 고로 집이 작아질수록 동네는 더 다채로워져야 한다. 집이 주거의 웰니스(wellness)를 충족할 수 없다면, 동네가 나의 취향에 쏙 들어야 하는 것이다. 지금껏 스세권(스타벅스), 맥세권(맥도날드) 등 많은 이들에게 사랑받던 프랜차이즈 위주로 O세권이라는 신조어가 등장했다면, 지금은 좀 더 구체적인 취향이 반영된 나만의 O세권을 희망한다.

집이 코딱지 만한 건 참아도 배를 곪주리는 건 용납할 수 없다는 아우성처럼 '먹세권'은 중요한 요소이다. 특히 여성들에게 인기가 높은 떡볶이부터 요즘 줄 서지 않고는 들어갈 수 없다는 도넛 가게, 나를 비롯한 마니아들에게 주기적으로 수혈이 필요한 마라탕과 얼마 전 붕어빵 마차가 어디 있는지 알려 주는 어플까지 등장한 붕어빵까지. 한 인터뷰이는 이 모든 걸 통틀어 '맛세권(맛집)'이 중요하다고 했다.

여가를 즐기고 영감을 얻을 수 있는 공간을 바라는 20대에게 자주 언급된 것은 '북세권'이다. "근처에 도서관이나 독립서점이 있으면 좋겠다고 생각했어요. 크고 작은 카페만큼 책방들이 있다면 어떨까 가끔 상상해요." 그다음으로 많이 언급된 장소는 카페다. "기분에 따라 카페를 골라서 작업할 수 있으면 좋겠어요." 좀 더 세밀하게 말하자면 20대들은 '갬세권'을 주창한다. '갬성'이 충만한 카페와 편집숍, 책방이 있어 늘 '감성 충전'을 할 수 있는 곳 말이다. 그 외에 헬스장과 수영장 등 운동을 할 수 있는 곳도 언급됐다. 이 모든 걸 아울러 '취세권(취미)'을 주장한 이도 있다. '산(숲)'과 '바다'를 희망하는 숲세권과 바세권도 있었다.

요즘 내가 부쩍 바라고 있는 ○세권은
'친세권'이다. 바로 '친구세권'.
5분도 안 되는 거리에 함께 살면서
같이 카페 가서 일도 하고,
맥주 한 캔 마시며 산책도 하고,
가끔 거하게 저녁 식사도 하고
함께 운동도 할 수 있다면 얼마나 좋을까!

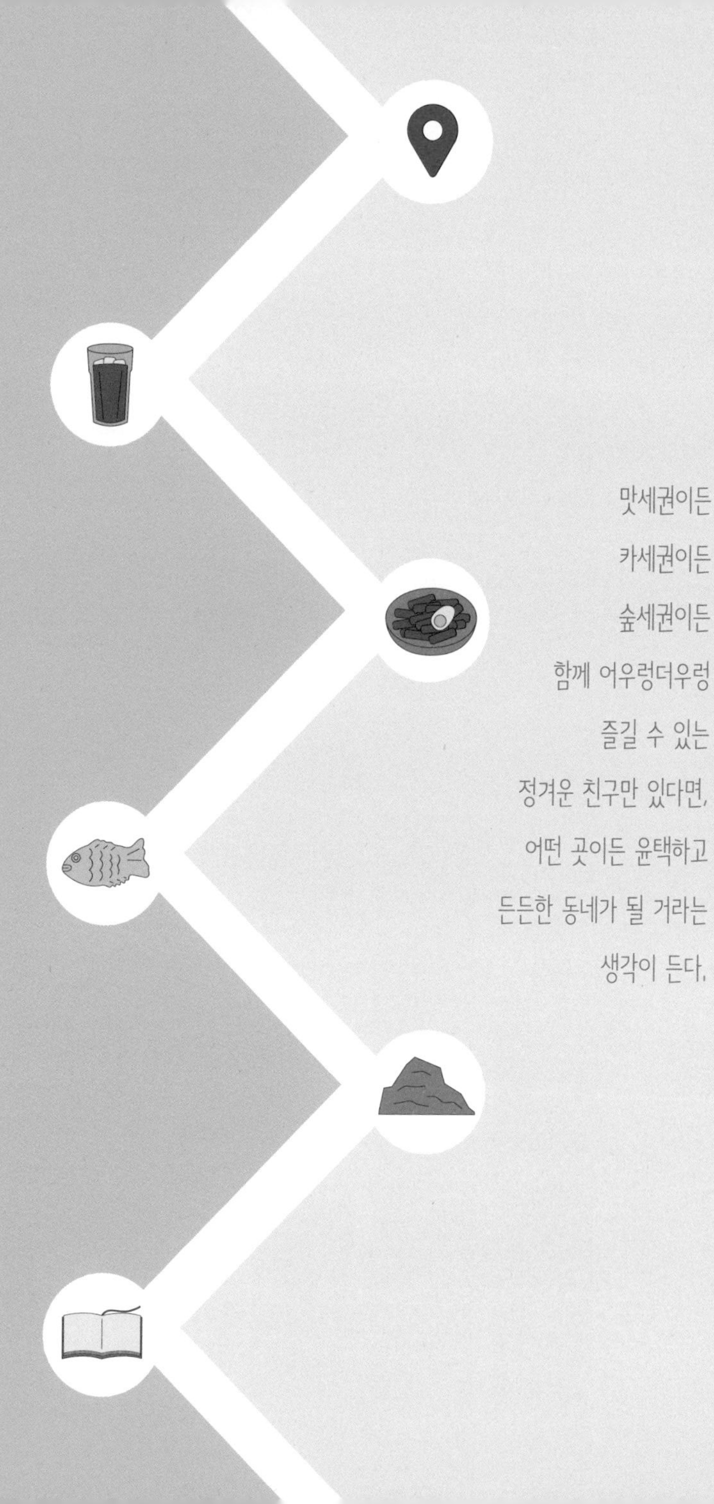

맛세권이든

카세권이든

숲세권이든

함께 어우렁더우렁

즐길 수 있는

정겨운 친구만 있다면,

어떤 곳이든 윤택하고

든든한 동네가 될 거라는

생각이 든다.

나다움을 선택하다

젠더리스(genderless)

젠더리스는 성별에 대한 불필요한 구분과 불합리한 고정관념에서 자유롭고자 하는 움직임이다. 각 성별을 규정하는 특정 이미지와 수식어를 타파하고, 나의 취향과 행동들이 성별을 기준으로 평가받는 것에서 해방되고자 한다. 그러기 위해 나타난 움직임의 흔한 양상 중 하나는 상대 성별의 영역이라고 여겨졌던 곳에 아랑곳하지 않고 발을 들이는 것이다.

예를 들어 뷰티 브랜드는 오랫동안 여성의 전유 수식어였던 '아름다움'을 향해 도전장을 내밀었다. 남자도 아름다울 수 있다는 메시지를 전하기 위해 립스틱을 바르고 볼에 생기를 더한 남자 모델을 기용했다. 자신의 아름다움을 찾기 위한 남성들의 시도는 '그루밍족'이라는 신조어로 이어졌고, 유명 아이돌 그룹 멤버가 화보에서 보여 준 킬트 스커트 패션은 젠더리스 룩에 파격적인 포탄을 던지기도 했다.

그들이 화장을 하고 스커트를 입은 모습을 보고 "왜 여자 같이 하고 다녀?"라고 말하는 이들도 있다. 여성들이 숏컷을 하면 "왜 남자처럼 보이려고 해?"라는 말을 듣듯이. 여전히 화장과 스커트는 여성의 영역이며 짧은 머리는 남성의 영역이라고 여겨지는 모양이지만, 우리는 남성스러움이 탐나서

머리를 자르는 것도, 여성스러움이 탐나서 파운데이션을 바르는 것도 아니다. 우리가 탐내는 것은 그렇게 완성될 내가 원하는 내 모습, 바로 '나다움'이다. 나다움을 선택하기로 한 우리에게 여성스러움과 남성스러움은 무의미하다. 내 취향과 감성을 표현할 수 있는 무궁무진한 수식어들만이 존재할 뿐이다.

젠더리스는 단순히 상대 성별의 영역을 자유롭게 넘나드는 것을 넘어, 애초에 그 영역이 실재하지 않음을 증명하는 과정이다. 어떤 것을 그것답게 하는 더 마땅한 형용사가 존재한다는 걸 알고, 그것을 찾아 나서는 여정은 직업에도 해당된다. 한 항공사에서 얼마 전 내놓은 승무원 채용 포스터에는 위기 상황 시 랜턴을 켜고 승객들을 살피는 승무원이 등장한다. 왁스와 머리핀으로 단정히 고정된 머리가 아니라 헝클어지고 물에 홀딱 젖은 머리를 하고, 곧게 허리를 펴고 미소를 짓는 대신 몸을 굽혀 문제를 해결한다. 이 항공사가 승무원을 묘사하기 위해 선택한 형용사는 '여성스럽고 단정한'이 아니라 '안전을 지키는'이었다. 이렇듯 진정한 젠더리스는 'O다움'의 본질이 무엇인지 아는 예리함과 성별 외에 'O다움'을 나타내는 수식어를 다양하게 찾아내는 창의력을 요구한다.

여성 혹은 남성으로서의 내가 아닌, 그냥 '나'라는 사람을 찾아가기 위한 여정을 시작하는 우리는 저마다 테트리스 게임에 도전한다. 내가 상상하는 무엇이든 될 수 있다는 믿음을 갖고 이전까진 감히 탈취하거나 빌리지 못했던 다른 성별다움의 산물들을 거침없이 넘보고, 그것을 내 취향으로 흡수시킨다. 마음에 꽂히면 그것에 달려 있던 성별적 라벨을 과감히 뜯어 버리고 내가 원하는 수식어들로 재정의한다. 나만의 관점으로 새로 찾은 다양한 형용사 블럭을 견고하게 쌓고 올라가 마침내 성(性)벽을 무너뜨린다. 이 게임은 형용사가 풍부할수록 이긴다. 성별 너머의 '나'를 쟁취한 우리의 사전에 더 이상 불가능은 없다.

나만의 'NEXT LEVEL'을 향한 고집

비혼

결혼은 그동안 '행복하고 이상적인 삶'에 다다르기 위해서라면 꼭 통과해야 하는 인생의 중요한 관문으로 여겨졌다. 그 행복하고 이상적인 삶에 도달할 수 있다면 무리해서라도 돈을 모으고, 그 과정에서 스트레스를 받는 것은 어쩔 수 없이 감내해야 하는 것이라고 생각했다. 따지고 보면 우리가 기대하고 고집부려 왔던 것은 결혼 그 자체라기보다 결혼을 통해 맞이하게 될 내 삶의 눈부신 다음 국면, 인생의 'Next Level'은 아니었을까.

'결혼하지 않는 삶'은 대한민국에서 늘 소외되던 삶이었다. '나 비혼할 거야' 또는 '비혼식 할 거야'라고 외치는 사람을 두고 '네 자유니까 상관할 바는 아닌데, 굳이 자랑할 건 아니지 않나.'라는 시선도 만연하다. 발설하는 것만으로도 공격받고 평가당하는 비혼은 여전히 소외되는 삶, 덜 최선인 삶이라고 여겨지고 있지 않을까. 때문에 비혼을 다짐하는 것은 아직까지도 더 큰 용기와 외침을 필요로 한다. 내가 꿈꾸는 모양새의 미래, 그리고 그걸 이룰 수 있는 사회를 만드는 것. 나의 낭만적인 NEXT LEVEL을 위한 고집은 아이러니하게도 결혼을 꿈꾸는 사람들의 그것과 같다.

결정은 누구에게나 어렵고 불안하다. 그 이후의 삶이 어떻게 될지 알 수 없기 때문이다. 그래서 결정을 내린 것만으로도 축복과 응원을 받기도 한다. 비혼식과 결혼식에서 오가는 축하의 본질은 같다. 네가 꿈꾸는 대로 잘 살아 보라는 것, 내가 바라던 대로 잘 살아 보자는 것. 자신이 바라는 미래의 모습을 축복하고 기념하면서 그 선택으로 인해 다가올 행복과 고난을 받아들이기로 다짐한 사람들에게 건네는, 그들의 NEXT NEVEL에 대한 소소한 찬사인 것이다.

비혼식의 등장은 우리가 그동안 멸시해 왔던 것이 이제 존중받을 만한 것일 수 있다는 인식의 전위를 상징한다. '비혼식-헤이러(Hater)'들의 말마따나 '-식까지 열어가면서' 축하할 수 있다는 목소리를 내는 시대가 왔다는 것에서부터 의의가 있는 것이다.

인생의 표준이라고 여겨졌던 것 너머

비표준의 영역이었던 것까지 포용할 수 있는

사회를 향한 아방가르드적인 걸음,

우리는 지금 NEXT LEVEL의 문을 여는 중이다.

저 너머엔 또 어떤 '-식'들이 등장할까?

웃픈 연대를 만드는 유쾌한 번역

K-OO

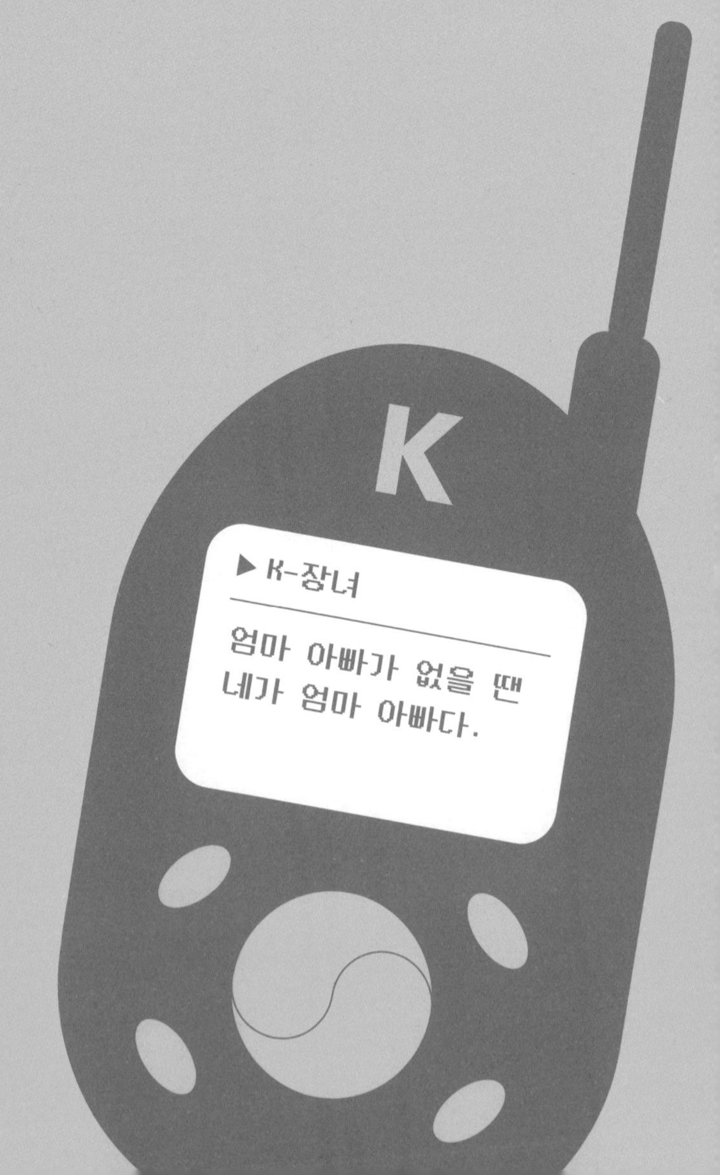

한국인이라면 가지고 있는 번역기가 하나 있다. 바로 K 라벨이 붙은 단어를 해석하는 K 번역기. 그 어떤 대상이든 앞에 K만 붙이면, 한국인들은 단번에 그 숨은 의미를 해석해 낼 수 있다. K-장녀, K-직장인, K-할매, K-리액션, K-화법, K-힙 등 단어를 보기만 했을 뿐인데 이미 머릿속에는 몇 문단의 서사가 완성된다.

한국적인 문화를 해석하는 번역기는 줄곧 발전해 왔다. 한국을 향한 자랑스러움과 환멸이라는 두 가지 극단적 감정에만 빗대어 문화를 해석하던 '국뽕'과 '헬조선'에서 한국적인 보편을 정의하는 '국룰', 그리고 그 보편에 스토리텔링을 더한 'k'까지. 한국에서 태어나고 자랐기 때문에 주어진 그 특수한 스캔 능력은 이제 감정을 넘어 그보다 한 차원 높여 유머를 곁들인 수준에 이르렀다. 평범한 단어에 K라는 한국의 문화적 코드를 이입해 스토리텔링 함으로써 단순히 단어에 대한 정의를 넘어 하나의 유쾌한 콘텐츠를 만들어 낸다.

K-장녀와 K-직장인의 바탕이 되는 'K'는 각각 가부장제와 강압적 직장 문화로, 그동안 '헬조선'이라고 번역되던 대상이었다. 하지만 일상에서 입에 오르내리기엔 무겁고 헬조선이라는 키워드는 너무 감정적이라 쉽게 수면화시킬 수 없었다. 그러나 이제는 K라는 라벨로 당당히 까발리고 심지어 희화화함으로써, 그러한 문화적 바탕에 짓눌리던 그룹이 위로받고 정서적으로 연대하고, 고통을 유머로 승화시킬 수 있다. '가부장제의 피해자' 또는 '직장에서의 약자'로서의 자신을 한국적 문화 즉, 'K'를 방패로 삼아 한층 안전하고 비폭력적인 영역에서 어필할 수 있게 된 것이다.

그런가 하면 '국뽕'에 가까운 양상으로 묘사되는 긍정적인 것들도 있다. 현란한 몸빼를 입고 화끈한 언어 구사로 주위 공기를 압도하는 K-할매, 을지로 거리 속 자유분방한 글씨로 저세상 존재감을 뿜어내는 K-간판, 그리고 K-힙의 정수를 보여준다고 회자되는 한국관광공사의 홍보 영상들. 매드맥스 추격전을 연상시키는 갯벌 위 K-경운기의 질주, 힙합에 버금가는 박자와 리듬감을 뿜어내는 K-판소리, 화려한 전통 의상을 입고 터프한 춤사위를 벌이는 사람들. 예전에는 촌스럽고 고루하다 여기며 무심히 지나쳤던 'K-일상'의 집적물이 한국적인 콘텐츠로 탄생한 것이다. 이런 'K' 번역 행위는 유구한 역사적 유물이나 특수한 문화만이 국가의 아이덴티티가 될 수 있는 것이 아니라 오히려 일상적인 것이 '찐' 소속감과 공감을 불러일으키는 문화 코드가 될 수 있다는 것을 보여 준다.

그동안 K는 글로벌 시장에 한국의 존재감을 어떻게든 어필하기 위해 부차적으로 붙이던 라벨이었다. K-pop과 K-beauty가 그 예다. 그러나 이제 우리는 한국을 외국인들에게 포장해서 보여 주기 위해서가 아닌, 우리 즉 한국인끼리 즐겁고 위로를 나누기 위해 우리 문화를 번역한다. '국가를 위한 국가에 의한 번역'이 아닌, '나를 위한 나에 의한 번역'을 하며 주체적인 K-문화 번역가가 되어 가고 있는 것이다.

What's in my bag?

CHAPTER

2

취향과 영감

취향의 서사와 마주하다

독서

독서란 책 속의 주인공과 끊임없이 대화를 주고받으며 나의 취향과 가치관에 공명하는 문장들과 생각들을 콜렉팅하는 과정이다. 누구나 책 한 권쯤 낸다는 독립 서적 전성기이자 감각적인 디자인이 넘쳐나는 북 마케팅 시대에 서점에는 흥미를 자극하는 도서들이 가득하다. 이렇게 다양하고 방대한 도서 시장에서 어떤 책을 고르는지는 곧 내가 어떤 사람인지에 대한 대답이 되기도 한다. 그 대답 방식은 사람에 따라 장르나 내용일 수도 있고, 예쁜 표지 등의 시각적인 요소일 수도 있다.

좋은 대화를 가늠하는 기준이 사람마다 다양하듯 책을 고르는 기준도 그러하다. "생각해 보지 못했던 것의 화두를 던져주고 새로운 시각을 주는 책이 좋아요", "생각을 일깨워주거나 마음에 와닿는 표현이 많이 담긴 책이요", "하나의 현상을 다양한 각도에서 볼 수 있도록 유도해 주는 책을 사요", "꽂힌 글귀를 발견했을 때, 그 글귀의 전후를 보고 싶어서 책을 살 때가 있어요", "주로 책의 제목을 보고 사는 편이에요", "호기심을 자극하는 책의 표지를 보면 읽어 보고 싶어져요", "광고가 흥미로워서 사게 되는 책들이 있어요", "내가 지향하는 라이프 스타일에 관한 책을 골라요", "일단 내가 좋아하는 장르나 작가인지 보고, 관심이 생기면 차례를 보고 사요". 저마다 책을 향한 애정과 정성, 일말의 치밀함까지 엿보인다.

책은 취향을 콜렉팅하는 명찰인 만큼 감상의 오브제가 되기도 한다. 취향 따라 꾸려진 책들이 책장에 나란히 모여 빛을 발할 때, 은은히 흐르는 무드 또한 그가 어떤 사람인지 보여 주는 중요한 요소다. 표지 디자인은 요즘 20대에게 이 책을 소장하느냐 마느냐를 판가름하는 결정적인 기준으로 등극했다. 책상에 책을 한 권 올려두고 찍은 사진 한 컷만으로도 SNS에 올리기 좋은 '감성샷'이 되기 때문이다.

나는 힐링하고 싶을 때,
집에서 가까운 서점을 찾는다.
서점에 들어서면 책들과
조용한 눈 맞춤을 시작한다.
읽고 싶은 책을 만나는 순간,
나는 또 한 권의 취향의 서사와
마주하게 된다.

싫존의 연대와 독재

오싫모와 반민초단

SNS에 '오이를 싫어하는 것을 존중해 달라'는 귀엽고 작은 목소리가 등장했고, '싫존주의'의 연대를 위트 있게 환기시키는 움직임은 사람들의 공감을 샀다. 하지만 이윽고 반민초단이 등장했고, 처음엔 '오싫모'처럼 귀엽게 주목받는가 싶더니 천대받던 싫음의 기호가 되려 좋음의 기호를 깔아뭉개는 역전의 사태가 벌어지기 시작했다.
기호의 평등을 주장하고자 탄생한 싫존이, 기호의 평등을 인정하지 않는 흐름으로 이어진 것이다. 주류를 벗어나 '싫음을 당당하게 외치는' 힙스터적인 입장에 사람들이 매료되면서 이내 그것이 곧 트렌드가 되었고, 민초를 좋아하는 사람을 '입맛이 촌스러운 자'라고 정의하며 배척하기 시작했다. '부먹'이 당연시되던 과거를 뒤집으며 새롭게 등장한 '찍먹'이 점차 주류의 취향이 되며 '부먹'을 무시하게 된 현상처럼.

오싫모와 반민초단은 취향의 주류와 비주류를 어떻게 바라보고 존중할 것인지 고민할 지점을 던져 준다. 싫존주의라는 명목으로 애초에 기호일 수조차 없는 것들을 무기 삼아 남에게 상처를 주는 일도 심심찮게 벌어지는 요즘에 이러한 고민은 더욱 절실하다. 개성과 취향이 다각화되는 지금 우리 사회에 진정으로 존중과 연대가 필요한 기호는 무엇일까?

"나에게 또는 우리 사회에 어떤 'O싫모'가 필요한가요?"라는 질문에 답한 20대 인터뷰이들의 답변 중 한국의 20대가 공감할 'O싫모' 세 가지를 소개해 보려고 한다.

첫 번째는 '나이싫모'다. "한국 특유의 '나이 타임라인'에 대한 회의감을 느껴요. 19살에는 대학에 가기 위해 열심히 공부하고, 20살에는 대학에 가고, 남자의 경우 21~22살에는 군대를 가고 등등 나이 타임라인이 꽤 견고하잖아요. 많은 사람이 'OO살인데 ~해도 될까요? 늦지 않았을까요?'라며, 자신의 나이를 걸림돌로 여기는 고민을 하기도 하고요."

20대들이 불안을 털어놓을 때 자주 언급되는 말은 다름 아닌 '뒤처지는 것 같아 두렵다'이다. 어떤 수준이나 대열이 우리나라에서는 나이에 의해 결정되는 경우가 많기 때문이다. '나이싫모'는 단순히 정해진 타임라인을 거부하는 수동적인 태도를 극복하는 것에서 더 나아가, 인생에서 달성하는 크고 작은 성취들에 충분히 축하를 건네고 다음으로 나아가고자 하는 주체적이고 자애로운 태도다.

두 번째는 대학생이었던 경험이 있다면 모두가 공감할 '팀플싫모'다. "교수님은 팀플을 협력을 기르는 좋은 시스템이라고 생각하시는 듯하지만, 팀플로 얻는 것은 인류애 상실과 자원의 불평등한 분배, 1+1이 0이 되는 기적의 결과물뿐이에요. 제발 팀플을 없애 주세요." 매 학기 수강 신청을 앞두고 강의마다 팀플의 유무부터 살피는 나로서도 매우 공감이 가는 말이다. 팀플이 싫다고 하면 협동의 역량이 부족하고 그럴 의지도 없는 사람처럼 보일지 모르나, '팀플싫모'는 실은 누구보다도 '공정함'이라는 가치를 소중히 여기고 지키고자 하는 사람들의 모임이라는 것을 꼭 말하고 싶다.

세 번째는 'SNS싫모'다. 누군가와 친해지고 싶을 때 흔히 인스타 계정을 물어본다. 누구나 인스타 계정 하나 정도는 가지고 있는 것이 당연한 시대가 된 듯하다. 이런 흐름 속에서도 누군가는 당당히 'SNS 안 하는데요'라는 입장을 표명하기도 한다. 내 주변에도 SNS를 하지 않는 친구들이 있는데 꾸준히 자신의 중심을 지키는 게 대단하기도 하고, SNS 대신 다른 생산적인 일을 할 수 있는 그들의 생활이 탐나기도 한다. 'SNS싫모'는 인간관계뿐 아니라 시간을 잘 관리하는 방법으로도 이어지는 만큼 앞으로 더욱 기대되는 싫존주의다.

다수의 기호 속에서 차별받는
소수의 '불편'과 '싫음'을 알리기 위해
싫존주의의 연대가 필요한 지점도 있다.
필요할 때 그들의 '싫음'의 연대가
더욱 선명히 들리도록,
일상 속의 싫음의 잡음은 조금 가라앉히고
그들을 위해 공간을 양보해 두는 건 어떨까.
혹은 '싫음' 대신 '좋음'으로 바꿔 말해
'O좋모'의 연대를 할 수도 있겠다.

'나이 타임라인이 싫은 모임'이 아닌
'나의 속도가 좋은 모임',
'팀플이 싫은 모임'이 아닌
'갠플이 좋은 모임',
'SNS가 싫은 모임'이 아닌
'디지털 디톡스가 좋은 모임'처럼
'좋음'이 넘쳐나는
시대를 바라본다.

취향과 흥미의 최전방

구독과 팔로우

SNS는 전장이다. 발을 내딛는 순간 내 마음을 저격하는 총알들이 빗발친다. 끊임없이 새로운 총알이 장전되고, 이곳저곳 '알고리즘'이라는 지뢰까지 펑펑 터지는 이곳은 아이러니하게도 내가 끌어다 모은 취향과 흥미의 최전방이다. 그 안에서 허우적대며 몇 시간 동안 총알받이가 될 것을 알면서도 돌진하는 우리는 구독과 팔로우의 포로들인 셈이다. 하지만 방대하고 위험천만한 이곳에서도 한 가지 다행스러운 점은, 적수가 누군지 이미 알고 있다는 것이다. 그 적수들을 배치해 놓은 것이 바로 나이기 때문이다.

SNS에서는 매 순간 홍수주의보가 울린다. 갖가지 정보와 이야기들이 홍수처럼 불어나고 내 앞뜰까지 차오른다. 개중에는 나에게 좋은 영감을 줄 유익한 콘텐츠도 있지만, 별 영양가 없는 소모적인 콘텐츠도 넘쳐난다. 콘텐츠 홍수 속에서 구독과 팔로우 행위는 단순히 그 콘텐츠에 긍정적인 평가를 매기거나 창작자에게 보내는 응원에 그치는 것이 아닌, 클릭 한 번으로 손쉽게 꾸려지는 효율적인 큐레이션 행위다. 우리는 이 험난한 SNS 세상에서 어떤 정보와 영감을 받아들이고 교감할 것인지 즉, 어떤 떡밥을 물고 누구에게 취향을 저격당할지 스스로 엄선하고 있다.

20대 인터뷰이들이 가장 많이 언급한 장르 중 하나는 '영감과 교양'에 관한 채널이었다. 특정 분야에 대한 흥미로운 정보나 지식을 전하는 채널부터 20대가 알아 두면 좋을 인생 전반의 성장과 성공의 팁을 소소하게 전하는 채널들까지. 유행과 트렌드, 전공이나 관심 있는 학문, 교양으로 알아 두기 좋은 예술과 문화에 대한 이야기 등을 다루는 채널들과 무엇보다 자신과 비슷한 나이대의 크리에이터들이 자신의 경험을 나누는 채널들에 관심을 가졌다.

또 하나는 약 5년 전부터 꾸준히 인기를 모아 온 '브이로그' 장르다. 취향을 저격하는 라이프 스타일을 꾸려 가는 크리에이터의 일상을 보며, 자신이 가꾸어 나가고 싶은 일상의 힌트를 얻기도 하고 힐링을 하기도 한다. 또 그들이 '갓생'을 살고 있는 모습을 보며 나도 부지런히 살아야겠다는 자극을 얻기도 한다.
동물, 여행, 플레이리스트(ASMR) 등 단조로운 하루에 무해한 힐링과 낭만의 감각을 더해 주는 채널도 있었다. 이런 채널의 공통점은 그 어떤 감정과의 씨름 없이 힘을 빼고 감상할 수 있다는 것인데, 일상의 도피처로서의 SNS의 기능이 두드러진다.

늘 손에 쥔 휴대폰, 어딜 가든 엄지손가락을 스와이프해 바로 세팅하는 나만의 취향의 최전방. 오늘도 나의 성장, 나의 휴식, 나의 즐거움을 위해 그 자유분방하고 왁자지껄한 전장으로 들어선다. 무너뜨릴 자신이 있다면, 구독한 모든 채널들이여 날 쏘고 가라!

자기 PR의 스토리텔링

What's in my bag?

한 사람의 민낯과 질서가 동시에 깃든 세상은 늘 우리의 은밀한 호기심을 자극한다. 그 어느 공간보다 그러한 사물들이 한데 모여 휴대되는 작은 세계가 있으니, 바로 '가방'이다. 지금 '가방 속'은 그 어느 때보다 열려 있다. 이른바, 'What's in my bag?' 콘텐츠의 유행으로, 너도나도 타인의 가방 속을 궁금해하고 또 흔쾌히 보여 주는 시대가 왔다.

민낯과 질서, 기호와 습관이 맞물려 자유롭고도 균형 있게 창조된 작은 공간, 가방. 그 안에 든 물건들을 보면 그 사람의 밥벌이나 일과와 같은 기본적인 일상부터 성격과 취향 등의 사적인 정체성이 두루두루 보인다. 따라서 누군가의 가방을 엿보는 것은 그의 정석 즉, 가장 평범하지만 가장 그답게 구성된 세계를 알게 되는 과정과도 같다. 그렇기에 사람들은 특히 그동안 우리에게 평범하게 다가오지 않던 존재, 꾸밈없는 민낯을 좀처럼 볼 수 없었던 이들의 가방 속을 더욱 궁금해 한다.

20대 인터뷰이들은 어떤 이들의
'What's in my bag?'이 궁금하냐는
물음에 이렇게 답했다.

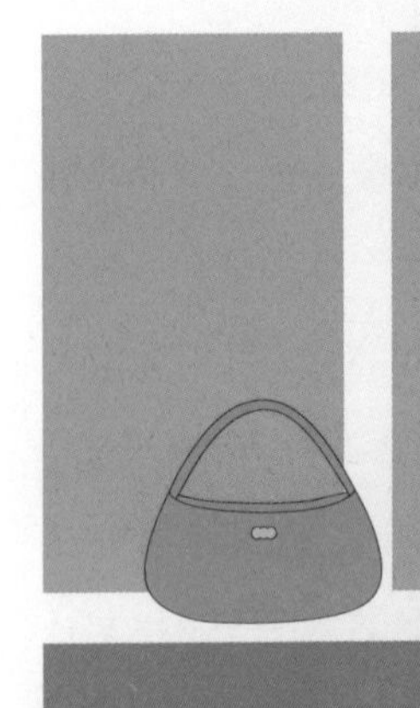

"엉뚱하면서도 자기만의 철학으로
무장한 이들의 가방에는
왠지 뻔하지 않은 물건들이
들어 있을 것 같아요.
만약 책이 있다면,
어떤 책일지도 궁금해요."

"좋아하는 아티스트의
가방 속을 보게 된다면
정말 '손민수'하게 될 것 같아요."

그들이 보여 주는 화려한 모습이나 멋진 작업물 너머에 존재할, 휘몰아치는 고뇌와 수집된 영감들, 한 사람으로서의 개성 어린 모습과 취향 등의 세계관이 궁금한 것이다.

'들여다보고 싶은' 것은, 알고 싶고 가까워지고 싶다는 욕망의 표출이다. 우리는 상대의 이름, 성별, 나이, 직업 등 규격화된 프로필보다 그가 어떤 지갑과 핸드크림을 쓰며 평소 이동할 땐 뭘 하는지, 어떤 책을 읽는지 등 지극히 일상적인 페르소나를 궁금해 한다. 'What's in my bag'은 그 탐색의 여정 속으로 친근하게 안내하는 장치인 한편, 스스로 선택한 기호와 질서, 사물들로 내가 어떤 사람인지 편집해 보여 주는 자기 PR의 스토리텔링이기도 하다. 사물에 깃든 누군가의 민낯과 질서는 세계관을 만들고, 세계관은 일상과 사람에 이야기를 더해 주기 때문이다.

함께 꿈꾸고 함께 성장하다

크리에이터 롤 모델

성인이 된 지금의 우리는 롤 모델을 찾기 위해 위인전 시리즈를 뒤지는 일은 하지 않는다. 그들의 일상은 내가 젊어져야 하거나 혹은 닮고 싶은 일상과 동떨어져 있기 때문이다. 우리의 목표는 당장 TV에 나올 만큼 위대한 업적을 세우는 것이 아니라, 하고 싶은 업무를 하기 위한 자질을 기르는 일이다. 역사적으로 뛰어난 인생을 산 이들의 위대한 교훈 한 구절보다, 지금 당장 레퍼런스 삼을 수 있는 일상을 사는 '멋진 일반인'의 영감 한 톨이 나의 오늘에 훨씬 도움이 된다.

SNS 덕분에 우리는 손안에서 각자의 삶을 멋지고 성실하게 살아가는 일반인들과 마주칠 수 있게 되었다. TV나 책 속에 등장하는 연예인, 국가대표, CEO 등이 아니더라도 각자의 자리에서 열심히 뜻을 펼치며 자신의 영역에서 남다른 영향력을 발휘하고 있는 사람들 말이다. 내가 가고자 하는 길을 이미 눈부시게 걷고 있는 직업인을 발견해 그를 본받아 자기 계발을 하기도 하고, 꿈꾸는 일상을 살아가는 크리에이터의 아기자기한 하루를 감상하며 나의 취향을 발견하기도 한다. 이렇듯 구체적으로 나의 직종과 바라는 미래상에 맞는 아이콘을 탐색하고, 그와 가까이 소통하며, 관심사가 비슷한 이들끼리 모여 커뮤니티를 만들기도 한다.

20대들에게 영감이 되어 주는 인물들을 묻자 다양한 이름과 직업들이 쏟아져 나왔다. 어느 한 브랜드의 프로젝트 매니저부터 마케터, 작가와 브이로거, 한 예능 프로그램의 PD, 영화평론가, 광고인, 작사가, 스타트업 대표, 자기 계발 크리에이터, 어느 매거진의 에디터 그리고 유튜버까지.

"OO님의 부지런한 일상이 너무 재미있고,
이 사람처럼 멋지게 살아야지
하는 생각이 들게끔 만들어요.
또 그분의 인스타그램에
책 관련 스토리가 올라오면
나도 책을 열심히 읽어야겠다 다짐하게 돼요."

21세기에 20대들의 롤 모델이 된 크리에이터라는 직업은 지금 우리와 함께 같은 목표를 향해 꿈꾸고 성장한다는 점이 무엇보다 특별하다. 그들도 나도 어떻게 하면 더 좋은 사회인으로 성장할 수 있을지 고군분투하며, 그 고민의 여정을 함께하는 든든한 동료인 것이다.

기록, 나라는 여정의 편집

LOG

인터넷이 활발해지기 시작한 2000년대에는 싸이월드의 미니 홈피, 2010년대 들어서는 블로그, 몇 년 전부터는 유튜브 브이로그 그리고 지금 가장 핫한 SNS의 릴스와 스토리까지. 시대에 따라 다양한 매체를 거쳐 우리는 가장 날것의 투박한 일상부터 가장 다듬어진 그럴싸한 일상의 모습까지, 끊임없이 기록할 곳을 찾아다녔다. 이젠 '로그(LOG)'라는 단어까지 생겨, 기록을 하나의 콘텐츠이자 플랫폼처럼 다루고 있다. 그야말로 매일같이 수많은 기록들에 로그인(LOG-IN) 로그아웃(LOG-OUT)하는 일상이다.

기록 대상의 범위도 더욱 넓어지고 세분화되어 가고 있다. 재미있는 것 중 하나가 기록하고 싶은 주제만 따로 기록해 리스트업 할 수 있는 메모지다. 소품샵에 가면 손바닥 크기의 떡메모지 형태의 영화 로그, 레시피 로그, 독서 로그, 음악 로그 등을 볼 수 있는데, 예컨대 영화 로그 메모지에는 영화 제목부터 날짜, 스스로 매기는 별점, 장르, 짧은 소감을 적는 란이 알차게 구성되어 있는 식이다.

이와 비슷하게 일본의 문구용품 겸 잡화점에서 판매하는 '로프트 라이프 로그 툴(Loft life log tool)'은 그 범위가 수십 가지나 된다. 도시락을 기록하는 도시락 로그, 미술관과 전시 내용을 기록하는 미술관 로그, 강아지의 성장 기록을 남길 수 있는 도그(DOG) 로그, 육아 로그, 등산 로그, 요가 로그, 영화 로그, 독서 로그, 온천 로그 등 일상 속의 정말 사소한 카테고리들이 가득하다.

기록 속에 담긴 육하원칙은 기록을 기록답게 만드는 요소이기도 하다. 누군가의 기록을 보는 것이 그토록 매력적이고 흥미로운 이유는 누가(who), 무엇을(what), 언제(when), 어디서(where), 어떻게(how), 왜(why)가 고스란히 드러나 있기 때문이다. 단지 누군가의 하루나 경험에 불과했던 이야기가, 기록되는 순간 어엿한 맥락을 가진 'LOG'라는 콘텐츠가 된다.

기록 열풍은 사소한 기록이 모여 나를 성장시키고 인생에 뜻밖의 기회와 변화를 가져다준다는 이야기들이 속속들이 등장하면서부터다. 일기와 같은 감정 위주의 은밀한 기록에서 블로그나 SNS 등의 플랫폼을 적극 활용한, 지식이나 영감 위주의 기록으로 확대된 것도 이러한 흐름의 일환이라고 볼 수 있다.

“기록이 기억보다 압도적으로
사람들에게나 나의 스펙에도
도움이 된다고 생각해요.”

“삶을 돌아보면서 반성도 하고
성취감도 느끼면서,
스스로 발전할 수 있는
원동력이 되고 있어요.”

“생각을 모으고 시각화할수록
내가 원하는 것이 무엇인지
발견하게 되더라고요.”

이처럼 과거와 현재가 남긴 기록은
고스란히 미래의 나를 마중 나가는
플랫폼이 되어 주고 있다.

지금 우리는 24시간 머물다 사라진 SNS 스토리에 오늘의 사진을 새롭게 덧씌우고, 어제 끄적인 페이지 뒤에 남은 볼록한 자국 위에 오늘의 문장을 쓰고, 한 달 전 올린 포스트 위에 새 창을 띄우고 나만의 기록을 시작한다. 매일의 취향과 감정을 수집하고, 그것들을 선별하고 배치하고, 의미 있는 형태로 붙잡아 두는 우리는 '나'라는 LOG의 편집자다.

음악이 이끄는 '어디로든 문'

플레이리스트

어렸을 적 자주 보던 〈도라에몽〉이라는 애니메이션이 있다. 도라에몽은 주머니에서 늘 기상천외한 도구들을 꺼내어 사고뭉치 진구의 문제를 뚝딱 해결해 주고 환상적인 세계로 이끌어 주는데, 그중에서도 가장 탐나는 물건은 '어디로든 문'이었다. 문을 열면 원하는 곳 어디든 눈앞에 바로 펼쳐지는 그 매력적인 아이템은 그때나 지금이나 여전히 상상 속에서만 존재할 것 같다. 하지만 그 초현실적인 세계로 이끌어 주는 마법 같은 무엇이 지금 우리의 일상 속에도 있다면 어떨까.

플레이리스트의 문은 낭만적인 썸네일과 감성과 위트 한 스푼 끼얹은 제목으로 만들어진다. 세계관에 매료되어 들어가면, 첫 곡이 재생되는 순간 나는 순식간에 미국의 사립 고등학교에서 럭비부 남자친구를 사귀는 인싸 소녀가 되고, 조선 시대 도련님을 짝사랑하는 비련의 낭자가 되고, 고풍스러운 박물관의 직원이 되고, 20세기 파리의 노천카페에서 글 쓰는 시인이 되고, 캘리포니아 7번 국도를 달리는 셀럽이 된다. 플레이리스트는 드라마나 웹툰, 도시, 영화, 문학 작품 심지어 특정 공간이나 브랜드까지, 상상할 수 있는 모든 장르와 결합하여 다채롭게 생겨나고 있다.

스토리텔링이 강조되는 콘텐츠 시장의 흐름에 따라 음악도 점점 하나의 세계관이 되어 가는 현상을 보여 주고 있다. 예전에는 듣기 좋은 선율이라는 청각적인 요소만으로 충분했지만, 이제는 음악을 들으면서 어떤 풍경을 상상할 것인지 썸네일을 통해 시각적인 요소도 큐레이션하고, 어떤 상황 속에 놓여 있는지 시대와 공간, 시간대, 날씨까지 구체적으로 설정한다. 심지어는 마치 게임에서 캐릭터를 만들듯, 해당 맵에 빠져들어 분위기에 심취할 내 정체성을 만들어 내기도 한다.

급기야 팬덤을 형성한 몇몇 플레이리스트 계정은 하나의 브랜드처럼 거듭나 다른 브랜드나 크리에이터, 책, 전시 등과 콜라보를 하고 굿즈를 출시하고 있다. 세계관이라는 설정 아래 모든 감각이 집약된 플레이리스트는 브랜드의 철학이나 공간, 팝업 등을 풍부하게 스토리텔링할 수 있는 훌륭한 마케팅 수단이 된다. 예컨대 제주 스테이 브랜드 '폴개우영'이 제주에서의 고요한 일상을 제안하며 스테이 공간에 흘러나올 법한 음악들을 모아 플레이리스트를 만들고, 미술관 브랜드 '블루메테이블'이 〈9:00AM 미술관으로 출근을 준비하며〉, 〈11:00AM 미술관 가기 전 아이스커피〉 등 하루의 루틴에 자연스럽게 스며든 브랜드의 존재감을 서정적으로 보여 주는 것처럼 말이다.

playlist

누가 어떤 라이프스타일을

만끽하고 제안하고 싶은지에 따라

천차만별로 꾸려질 수 있는

플레이리스트는 그 테마가 무궁무진하다.

심지어 이런 사소한 일상의 순간까지

과몰입할 수 있을까 싶어지는

'떡볶이 먹을 때 듣는 노래',

'섹스할 때 듣는 노래'까지 있다.

이렇듯, 나만의 취향,

과몰입을 향한 열망,

꿈꾸는 일상만 있다면

우리도 언제든지 주머니에서

'어디로든 문'을 꺼낼 수 있다.

민낯으로 빚은 가장 나다운 술

혼술과 홈술

나의 혼술 루틴은 크게 세 가지다.
첫째는 퇴근 후 반주하는 것. 따끈하고 기름진 밥을 한 술 떠 먹고 차가운 맥주를 한 모금하는 순간엔 그야말로 목구멍이 터질 듯이 짜릿하다. 쌓였던 피로가 탄산과 함께 증발하고 긴장했던 몸이 스르르 녹는다. 두 번째는 영화를 볼 때다. 영화와 술의 조합은 수고한 나에게 건네는 최고로 후한 보상이다. 세 번째는 글을 쓸 때다. 자고로 글은 취한 상태에서 써야 진실된 이야기가 나온다고 굳게 믿는 사람으로서, 2년 전 와인을 마시며 완성했던 단편소설 과제는 교수님께 칭찬을 들으며 A+을 거뒀다.

마음을 달래고 싶은 날, 친구를 불러내기보다 냉장고부터 열어젖힌다. 하나부터 열까지 나의 감정을 설명하지 않아도 되기 때문이다. 혼술의 순간에는 화자도 청자도 오롯이 나다. 입을 거치며 각색된 감정이 아니라, 지금 이 순간 마음속에서 시시각각 소용돌이치고 있는 날것의 감정을 응시한다.
혼술이라고 하니 일드 〈심야식당〉도 떠오르지만 나를 포함한 주변 친구들은 '홈술'을 더 많이 즐긴다. 가장 편하고 나답게 있을 수 있는 공간인 집은 술을 마시기 제격이다. 정해진 메뉴를 벗어나 내가 원하는 안주를 간소하게 곁들일 수 있고, 술을 마시며 영화를 보든 게임을 하든 책을 읽든 자유롭게 다른 것을 즐길 수 있다. '홈술'과 '혼술'의 조합은 가장 나답게 술을 마시는 공식이다.

그 공식을 풀어내는 과정에는 나의 취향과 선택만이 효력을 가진다. 눈치볼 것 없이 괴상한 페어링을 만들어 내거나 갑자기 변덕을 부려도 뭐라 할 사람이 없다. 집에서도 내가 원하는 술을 마시겠다는 저마다의 의지는 술의 캐주얼화를 불러왔다. 와인이나 칵테일 등 특별한 날 근사한 바에서 누군가와 함께 잔을 기울여야 할 것 같은 술도 집에서 간편하게 즐길 수 있게 되었다. 한 잔을 마시더라도 나답게 마시고 싶은 사람들을 위해 선택지도 다양해졌다. 홈술 키트가 생기면서 심지어 제조 단계에까지 내 손길이 닿는다. 어떤 위스키를 섞고 어떤 과일을 얹어 나의 '시그니처' 칵테일을 만들 수 있을지 연구한다. 우리는 술도 가장 나다운 모습으로 나답게 마신다.

흠은 멋이 되고, 추억은 장르가 된다

레트로와 빈티지

선풍기가 없어 부채로만 더위를 나던 작년 여름, 겨우 버티다 엄마에게 전화를 걸었다. "엄마, 집에 있는 노란 선풍기 좀 보내 줘." 엄마는 그냥 하나 새로 사라고 했지만, 나는 그 오래된 선풍기가 갖고 싶다며 고집을 부렸다. 새로 나온 신형 선풍기보다 이제는 좀처럼 시중에 나오지 않는 개나리색 선풍기를 내 방에 들이고 싶었기 때문이다.

제대로 작동이 될지 모르겠다는 엄마의 우려와 달리 선풍기는 멀쩡히 돌아갔다. 알고 보니 엄마의 혼수품이라는 이 아이는 나보다 나이가 많았다. 그동안 나의 숱한 여름을 함께해 왔던 기억이 쓰나미처럼 몰려오며 새삼 더 애틋하게 느껴졌다. 그러나 막상 며칠 써 보니 고개가 잘 돌아가지 않고 덜덜덜 괴상한 소리를 냈다. 그래도 견뎌 온 세월을 너그러이 감안하며 덜덜덜 소리조차 자장가 삼아 시원한 단잠을 취하기로 했다.

나에겐 또 하나의 특별한 물건이 있는데, 재작년 설에 시골 할머니 집에서 가져온 앰버 컬러의 찻잔이다. 할머니의 혼수품으로 자그마치 60년 남짓의 세월을 묵은 이 잔은 빈티지 감성을 흉내 낸 다른 앰버 컬러의 컵과 비교도 되지 않을 만큼 빛깔이 깊다. 또 가로세로 비율이 비슷해 애매하게 낮은 높이의 아담한 형태가 정겹다. 매번 찬장을 뒤지다 "오, 이거 예쁘다!"를 외치는 나를 보고 고모가 한마디 던진다. "원이 취향이 왜 이렇게 촌스러워?"

빈티지는 촌스럽다. 다들 안목이 높아진 지금은 굳이 옛것에 눈 돌리지 않아도 훨씬 세련되고 감도 높은 물건들이 쏟아지고 있다. 각양각색의 스타일과 장르가 우후죽순 생겨나 그 안에서만 멋을 찾아내기도 벅찰 정도다. 취향이 범람하는 시대인 만큼 이왕이면 가장 트렌디한 멋을 골라 취할 수도 있다. 하지만 그렇기에 오히려 그 범람하는 파도 속을 역행하며 색다른 것을 헤집는 이들이 있으니, 그게 바로 지금의 20대다. 내 취향을 표현하기 위해서라면 그 어떤 멋도 환영할 준비가 되어 있는 우리는 호기심 어린 눈으로 다양한 멋을 찾아낸다.

빈티지는 오래되고 낡고 촌스럽고 누군가 사용한 흔적까지 남아 있는 중고품이다. 그러나 우리에게는 촌스러움에서도 멋을 찾아내는 안목이 있다. 틀을 벗어난 미감을 오히려 개성으로 받아들이는 포용력이 있다. 그것은 너그러움이라기보다, 그 흠에서 오히려 이야기를 찾아내는 통찰력에 가깝다. 오래되었다는 것은 그만큼의 세월과 역사를 품고 있다는 것이고, 낡았다는 것은 공장에서 찍어 낸 수만 개의 똑같은 물건과는 다른 차별성을 가진다는 것이다. 그리고 그것들이 모여 그 물건만이 가진 이야기가 되고 더 나아가 콘텐츠가 된다.

빈티지나 레트로가 전하는 것은 단순한 향수가 아니라 이야기다. 애초에 그 시대를 살아 보지도 않은 20대에게 빈티지가 순수한 향수일 턱이 없다. 그러나 이야기를 통해 우리는 이 물건이 나에게로 오기까지의 지난 여정을 상상한다. 그 여정으로부터 정서와 감정이 몰아치고, 그 물건과 교감할 수 있는 통로가 만들어진다.

책이 아닌 이야기를 팝니다

독립 서점

내 첫 독립 서점은 학교에서 가장 가까운 독립 서점으로, 종종 밖에서 저녁 식사를 하고 산책을 마무리하던 곳이었다. 그곳에서 처음 구매한 책이 무엇인지 기억나진 않지만, 한 가지 확실한 건 독립 서점이라는 공간을 알게 되면서 낯선 동네를 선뜻 탐험할 수 있는 용기를 얻었다는 것이다. 뿐만 아니라 나의 진로와 취향을 바꾸는 데 결정적인 역할을 한 책들을 우연히도 전부 독립 서점에서 만났다.

그 책들은 사실 그곳이 아니더라도 만날 수 있었다. 그렇지만 독립 서점을 돌아다니다 보면 평소엔 눈에 별로 들어오지 않았던 책도 희한하게 내 마음을 두드린다. 그곳만의 아늑한 분위기, 주인이 정성껏 꽂은 취향의 책들 그리고 마침 그날 나의 기분까지 그 모든 것이 독립 서점 안에서 한데 어우러진다. 공간과 책, 사람이 얽혀 여기에서만 탄생할 수밖에 없는 이야기를 만들어 내고 인연의 매듭을 엮는다. 내가 책을 찾아가는 게 아니라 책이 나를 찾아오는 듯하다.

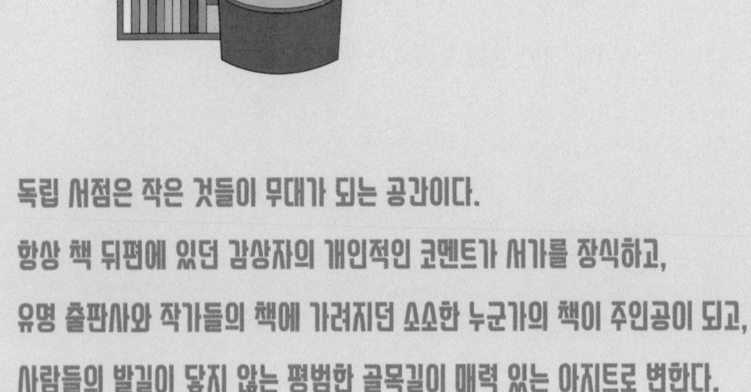
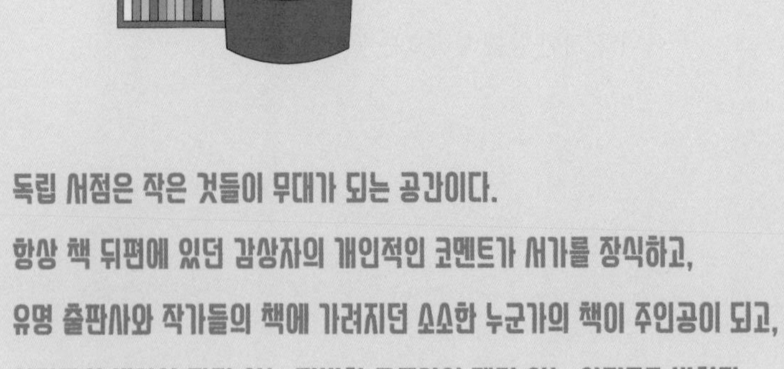

독립 서점은 작은 것들이 무대가 되는 공간이다.

항상 책 뒤편에 있던 감상자의 개인적인 코멘트가 서가를 장식하고,

유명 출판사와 작가들의 책에 가려지던 소소한 누군가의 책이 주인공이 되고,

사람들의 발길이 닿지 않는 평범한 골목길이 매력 있는 아지트로 변한다.

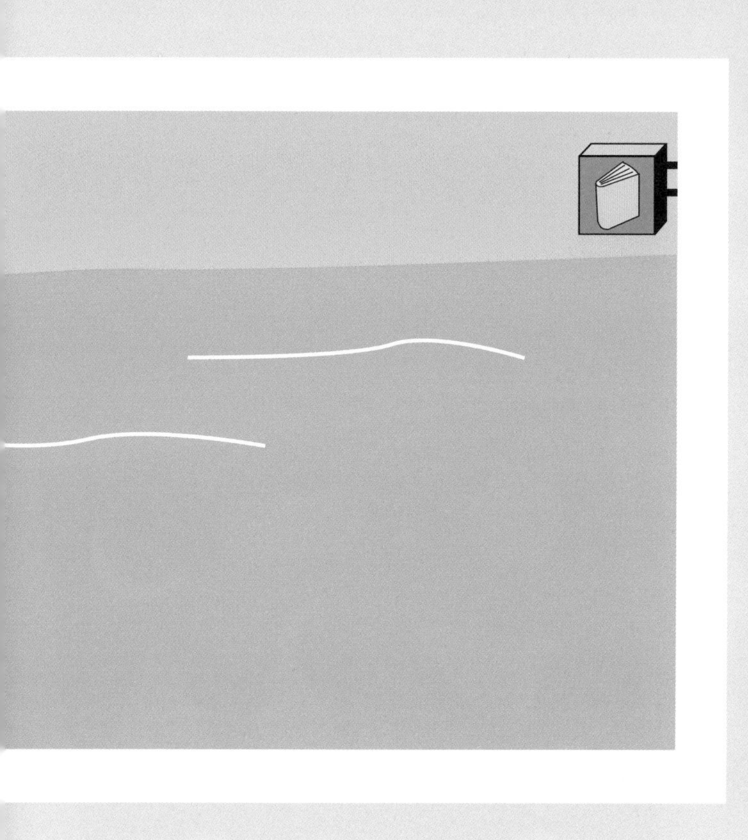

언젠가 책을 내고 싶다는 작은 꿈도 마음껏 부풀릴 수 있는 공간이다.
지도에 독립 서점의 위치를 표기해 둔 나는 어느 곳으로 산책을 나서든,
항상 그 동네에 자리 잡은 소박한 독립 서점과 만난다. 독립 서점의
문을 열고 들어가면 예상하지 못했던 책이 나의 마음을 똑똑 두드린다.

자아의 정원을 가꾸다

O꾸

O + 꾸미기

‘내가 그의 이름을 불러 주기 전에는 그는 다만 하나의 몸짓에 지나지 않았다. 내가 그의 이름을 불러 주었을 때 그는 나에게로 와서 꽃이 되었다.’ 김춘수 시인의 〈꽃〉이라는 유명한 시의 한 구절이다. 나만의 시선으로 어떤 것을 바라보고 특별한 관계를 맺고자 할 때, 그것은 비로소 나에게 유의미한 존재가 된다. 우리는 지금 ‘O꾸’라는 이름으로 일상의 물건들을 특별하게 부르고 있다.

내 방식대로 무언가를 ‘꾸미는’ 이 행위는 줄곧 ‘커스터마이징’이라는 말로 불려 왔지만, ‘O꾸’는 그보다는 한층 아기자기하고 캐주얼한 개념이다. 커스터마이징을 번역하면 ‘맞춤 제작 서비스’라는 뜻이다. 공장에서 찍어낸 죄다 똑같은 모양의 물건을 소유하는 것이 아닌, 나의 취향을 가미해 세상에서 하나뿐인 나만의 물건을 만드는 것이다. 그와 달리 ‘O꾸’는 전문적인 서비스라기보다, 일상 속에서 소소하게 취향의 영역을 개척해 나가는 손쉬운 취미 활동을 말한다.

‘O꾸’의 대표적 세 가지는 홈꾸(집), 다꾸(다이어리), 폰꾸(휴대폰)이다. 이것들의 공통점은 나와 아주 가까운 반경 안에 있다는 것이다. 없어서는 안 되거나, 나의 모든 것을 담고 있거나,

아주 사적인 것들. 사람들은 누구나 자신과 관련된 물건들로 둘러싸여 있는 공간에서 안전하고 아늑한 기분을 느낀다. 그렇게 나다운 것들로 꾸려진 아주 가까운 반경의 세계를 퍼스널 스페이스라고 부른다. 'O꾸'는 그 퍼스널 스페이스 안에 있는 물건들을 하나하나 진정한 내 것으로 만들어 가는 일이다. 나를 당당하게 어필하고 나만의 취향을 지키기 위해, 우리는 반경 가까이 있는 물건들을 차례차례 나만의 스타일로 꾸며 나간다.

얼마 전 유튜브 채널 '굴러라 구르님'의 '휠꾸' 영상을 보았다. 수막새를 모티프로 한 꽃가마 휠체어, 그래피티와 오토바이를 결합한 스우파 휠체어 등 세상의 하나뿐인 보조 기구를 탄생시킨 과정이 고스란히 담겨 있었다. 예전에는 휠체어를 타지 않은 모습으로 사진을 찍으려 했다는 그녀는 지금은 '휠체어를 탄 그 자체로도 바로 나'라는 생각을 한다고 했다. 나와 가까이 있는 물건을 꾸미는 행위는 단순히 예쁜 비주얼을 연출하는 것을 넘어 나의 자아상을 주체적으로 만들고 받아들이는 행위이기도 하다는 것을 새삼 깨닫게 되었다.

나와 늘 함께하는 물건은
이름을 불러 주고
나만의 손길로 다듬을수록
세상을 향해 진정한 나를 보여 준다.
창작과 영감을 순환시키는 'O꾸'는
내 안에서 진정으로 우러나온 취향을
연마할 수 있도록 한다.
물건과 사적으로 교감하는 것은
곧 나의 세계를 견고히 하는 일이다.
동시에 시각적인 이미지가
난무하는 이 세상에서
언제 어디서나 나를 표현하고
퍼스널 스페이스를
단단히 가꿔 나가는 일이다.

지속가능한

CHAPTER 3

마음과 건강

쉼을 찾아서

푸른 봄, 고속도로를 달리는

불안과 걱정

자, 상상해 보자. 우린 지금 고속도로에 내던져진 초보 운전자다. 익숙한 시내에서만 운전하다가 갑자기 고속도로로 내몰려 이제부터 쌩쌩 달리는 차들 속에서 목적지를 향해 달려야 한다. 함부로 멈출 수도 없고, 무조건 속도를 늦추었다가는 사방에서 욕지거리가 날아올 수 있다. 마음먹고 차선을 바꾸려면 긴장하며 달리는 차들의 눈치를 봐야 한다.

혹, 목적지로 향하는 길에 진입하지 못하면 한참을 돌아가야 하고, 구간마다 톨게이트를 통과하며 일정한 금액도 지불해야 한다. 가끔은 예고도 없이 캄캄한 터널을 맞닥뜨리기도 하고, 우연히 큰 화물차의 낙하물을 맞거나 브레이크가 고장나 사고가 날 수도 있다. 이렇게 아슬아슬하고 위험천만한 고속도로가 지금 우리가 맞닥뜨린 인생의 여정이라면?

저마다의 속도로 엑셀과 브레이크를 번갈아 밟아가며 하루하루를 질주하는 20대들에게 지금 가장 큰 불안은 무엇인지 물었다.

가장 많은 답변은 진로에 관한 고민이었으며,
졸업 이후의 가장 큰 화두는 단연코 취업이었다.
"졸업하면 한동안 아무 일도 하지 않는
사람이 될지도 모른다는 게 두려워요.
사람들이 나를 무능력하다고 평가할 것 같아요.
매일 내가 잘하고 있는지 고민하는데,
어떤 날은 나름대로 잘하고 있다고
스스로 칭찬하면서도
어떤 날은 그냥 앞이 깜깜해요."
취업을 준비하는 과정만큼이나
어떤 직업을 가져야 할지 모르겠다는 불안감도 컸다.
"나는 어떤 직업을 가지게 될까?"
"내 직업에 만족도가 높을까?"
"어떤 회사에 들어가야 재미있게 일할 수 있을까?"
"차라리 시험처럼 방법이 정해져 있다면
무작정 달려갈 텐데, 길을 스스로 선택해서
나아가야 한다는 게 더 막막해요."

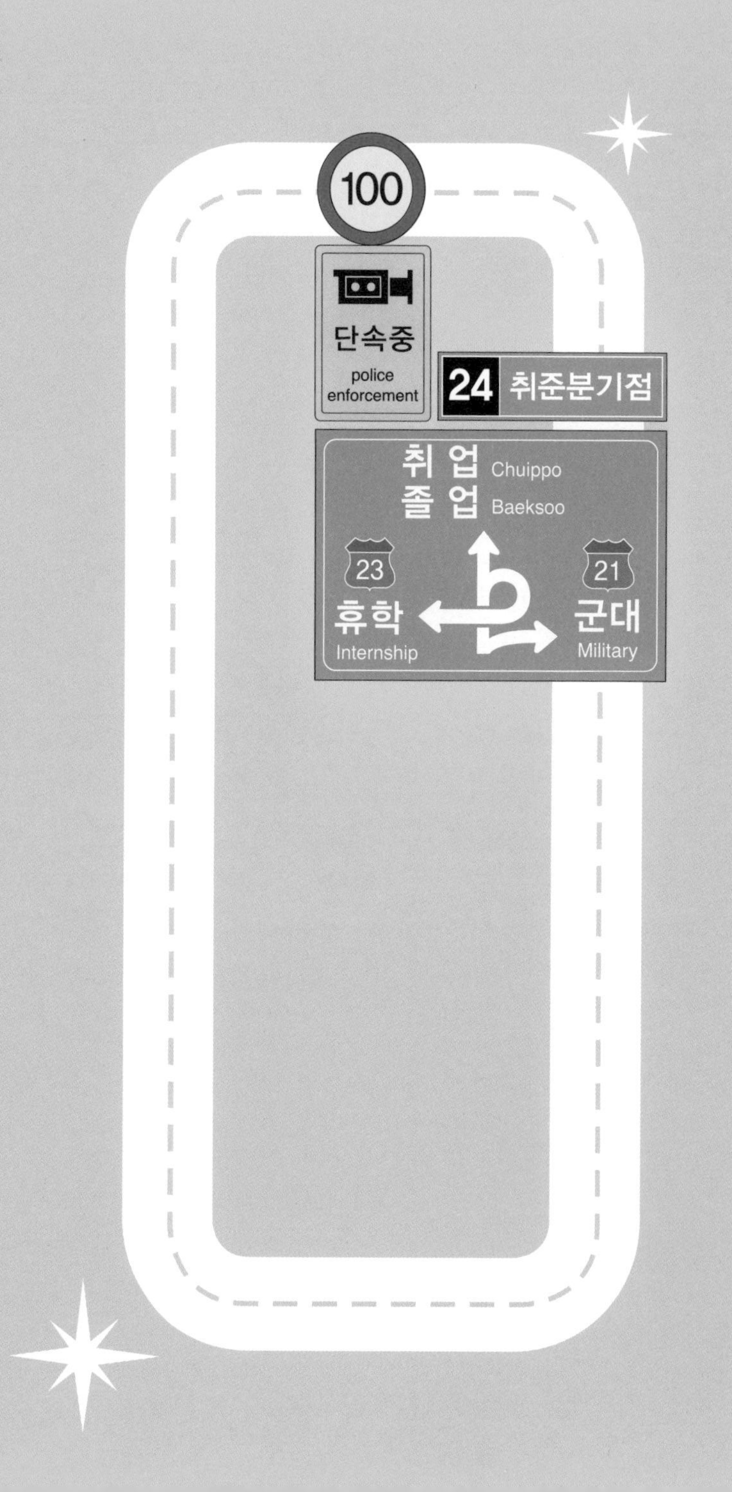
100
단속중
police
enforcement
24 취준분기점
취 업 Chuippo
졸 업 Baeksoo
23
휴학
Internship
21
군대
Military

고민을 거쳐 겨우 취업에 성공하고 나서도 불안과 걱정은 끊이지 않는다. 우리는 새로운 환경에서의 나의 존재 가치를 끊임없이 의심한다. 또 이 일을 오랫동안 할 수 있을지 고민하는 한편, 새로운 도전을 고민하기도 한다. 우리는 취업에 성공한 이후에도 더 즐겁게 할 수 있는 일이 있지 않을까 계속 찾아 나선다. 그래서 졸업 후와 다름없이 어떤 일이 나에게 가장 잘 맞을지, 내가 정말 잘하는 일이 무엇인지 같은 고민을 반복한다.

진로 외에도 '자아'와 '관계'에 대한 고민도 깊었다. "내가 좋아하는 것, 하고 싶은 게 무엇일까? 아직도 감이 잘 안 와요. 그런데 항상 꿈을 가지라고 하고 취직을 성공의 기준으로 바라보는 것 같아 많이 부담돼요", "대체 가능한 사람으로 살게 될까 봐 두려워요. 단지 직업이나 커리어에 해당하는 이야기가 아니라, 사람 간의 관계에서도 마찬가지예요", "다른 사람들에게 어떻게 도움이 될 수 있을까?", "내가 사회구성원으로서 역량을 잘 보여 주고 있는지, 현실에 안주하고 합리화하는 건 아닐지 매일 고민해요. 그 고민을 극복하려고 주말마다 좋은 사람들을 만나고, 공부하려고 해요".

단순히 인간관계의 갈등을 넘어, 더불어 사는 사회에서 제 몫을 하고 이로운 영향을 끼치고 싶어 하는 연대의 고민을 하기도 한다. 그러나 이 모든 것을 통틀어 우리가 마주하는 불안은 다름 아닌 '미래' 그 자체가 아닐까. 고속도로를 달리며 앞으로 닥쳐올, 어떻게 될지 알 수 없는 사건과 사고 말이다. "미래의 내가 확실히 그려지지 않는 현재의 내가 불안해요", "앞으로의 방향성이요. 몇 년 뒤 어떤 모습으로 살고 있을지, 내가 그리는 모습으로 살아가고 있을지 확신이 흔들릴 때마다 불안해요. 인생은 한 치 앞도 알 수 없고 계획대로 흘러가지 않으니까요".

고속도로 위 우리는 늘 불안과 긴장의 연속이다. 달리며 신나는 노래를 듣고, 피곤해지면 쉼터에 차를 세워 잠시 눈도 붙이고, 때로는 마음 맞는 동반자를 태우고 휴게소에서 맛있는 간식을 사 먹기도 하지만 운전대만 잡으면 다시 긴장되는 몸과 마음을 어찌할 수 없다. 그럼에도 우리는 언젠가 다다를 그곳을 상상하며 용기 내어 엑셀을 밟는다. 불안과 걱정의 여정이지만 이것만큼은 변하지 않는다. 누가 뭐래도 운전대를 잡은 건 다른 누구도 아닌 바로 '나'라는 것!

세상이 아닌 나와 맞장

진정한 자존감

학창 시절을 보내고 더 넓은 세상에 나온 후, 깨달았다. 나보다 날고 기는 사람은 많고, 잘한다고 믿었던 것도 실은 평범한 수준이었다는 것을. 썩 특별하지 않다는 걸 알아가는 나에게 '너 정도면 언제든 대체될 수 있다'고 으름 놓는 듯한 세상은 나와 친구를 맺기보다는 마치 결투를 신청하고 싶은 것처럼 보인다. 하지만 세상과의 싸움인 줄 알았던 격투가 알고 보니 나 자신과의 싸움이었다면? 세상이 나에게 시비 건 적 없는데 스스로 나를 도발하고 전장으로 내몰았던 거라면 어떨까.

애초에 시작도 없고 끝도 없을 싸움에 덤비다, 세상과 마주하기 전부터 이미 상처투성이가 된 나를 위해 회복의 주문을 걸 시간이 왔다. LOVE MYSELF! 나를 사랑하기로 마음먹은 20대들에게, 내가 생각하는 진정한 자존감은 무엇인지 물어보았다.

모든 출발은 어떤 것을 직시하고 받아들이는 데서 시작한다고 한다. PT만 가더라도 가장 먼저 내 체력이 어느 정도인지 체크한 뒤, 나에게 맞는 것이 무엇인지부터 파악한다. 이처럼 우리가 초점을 맞춰야 하는 것은 '하루를 부지런히 사는 방법'이 아닌 '잠이 많고 야행성인 내가 하루를 부지런히 사는 방법'이며, '목표를 이루기 위한 방법'이 아닌 '끈기가 부족한 내가 목표를 이루기 위한 방법'인 것이다. 한 인터뷰이는 자존감이란 자신을 잘 알고, 스스로 부끄럼 없이 떳떳한 것이라고 했다. 하지만 '알고' 대신 '알아서'라고 바꿔 말할 수도 있지 않을까?

우리에겐 때때로 그 어느 때보다 나를 향한 애틋한 혼잣말이 필요하다. "남에게는 상처 주기 싫어 조심하면서도 나에게는 이것밖에 못하냐는 생각이 들어요. 그럼 다시 마음을 다잡고 이 정도 한 것도 대단한 거라고 생각하려 해요", "큰일을 앞두거나 긴장되는 상황이 오면 별거 아니고 내가 최고라고 마음속으로 외쳐요", "괜찮다는 말 정말 도움이 되는 것 같아요. 말에 담긴 힘이 있다고 믿어요". 누가 뭐래도 나는 나를 믿고 응원하는 것, 평생 내 곁에서 함께 걸어갈 존재는 누구도 아닌 나 자신이기 때문이다.

'근자감'이라는 말이 있다. '근거 없는 자신감'이라는 뜻으로, 실제로 잘난 것 없이 떵떵거리는 행세를 비꼬는 말이다. 지금이야 우스갯소리로 말하지만, 어쩌면 우리는 여태껏 자존감에 무조건 타당한 근거를 찾아야 한다고 생각해 왔던 건지 모른다. 잘했다는 증거가 없으면 당당해질 수 없고 자신을 존중할 수 없다면 너무 슬프지 않을까. 하지만 근거가 있어야 스스로 납득할 수 있다면, 근거를 '잘' 마련하는 것도 중요할 것이다.

몇몇 인터뷰이들은 자존감을 기르는 방법으로
성취와 능력을 확인하고
성장하는 경험을 이야기한다.

"자존감에는 근거가 필요한 것 같아요.
스스로 인정할 만한 실력을 갖추는 거죠."

"종이에 내가 성취한 것을 적어 보는 거예요.
내가 너무 싫어질 때,
좋아할 이유를 떠올리려고요."

"작고 소소한 일이라도
성취를 하는 경험이 쌓인다면
자존감을 높일 수 있을 것 같아요."

어떤 인터뷰이는 자존감을 외부의 상처로부터 스스로를 보듬어 줄 수 있는 힘이라고 말했다. 외부의 자극에도 흔들리지 않고 굳건한 자존감을 유지하기 위해서는 나를 둘러싼 외부 환경과 어떻게 관계 맺을 것인지 생각해 보아야 한다.

학창 시절 나를 지탱했던 자존감은 비교로부터 얻은 자존감이었다. 비교해서 초라해지는 게 아닌, '여기서 내가 가장 잘하네?'라고 확인하는 데서 오는 자존감. 하지만 그것은 나보다 잘하는 사람이 나타나면 바로 무너질 허상과도 같은 자존감이다. 그래서 내가 새로 집중한 것은 '내 앞에 갑작스레 누군가 나타나도 영향받지 않는 자존감'을 다시 세우는 것이었다. 나보다 못하는 사람을 보며 자신감을 얻거나, 나보다 잘하는 사람을 보며 자신감을 잃는 일 없이, 오직 어제의 나보다 오늘의 내가 한층 성장했다는 것에서 느끼는 독립적인 자존감 말이다. 그렇게 나는 외부와 잠시 '차단'하는 방법을 택했다.

한편, 외부와 적극적으로 관계 맺으며 일구는 자존감에 대해 이야기해 준 인터뷰이들도 있었다. "모순적이게도 외부로부터의 인정이 필요한 것 같아요. 외부로부터의 인정 없이 혼자 쌓은 자존감은 왠지 자기 위로 같은 느낌이 들어서요. 필수는 아닐지라도 추진력을 주는 요소임에는 확실한 것 같아요",

"자존감이 정말 낮았을 때는 나조차 나를 사랑하고 믿을 수가 없어서, 저를 사랑해 주는 사람들만 만나고 다녔던 적이 있어요", "저는 자존감이 떨어졌을 때 오히려 새로운 사람을 만나야 해요. 새로운 사람을 만났을 때 나오는 나의 새로운 모습을 보면 자신에게 더 매력을 느껴요. 나도 몰랐던 내 매력을 계속해서 찾아갈수록 자존감이 높아지는 것 같아요".

하지만 역시 가장 중요한 것은 어느 한쪽으로 과도하게 치우치지 않는 것이다. 외부와의 적당한 차단도, 적당한 교감도 필요하다. 외부 세계를 잘 인식함으로써 그 안에서 나의 위치나 정체성을 제대로 마주할 수 있지만 또 거기서 균형이 살짝이라도 어긋나면 주변 사람과의 비교나 갈등으로 이어질 수 있기 때문이다. 외부와 완전히 단절되거나 과도하게 의존하지 않고, 언제든 주변 환경이나 사람과 좋은 영향을 주고받는 여지를 남겨 두어야 그 자리에 새로운 자존감의 씨앗이 싹틀 것이라 믿는다.

나의 속도로 걸어가는 것

워라밸

눈앞에 양팔저울이 있다. 하나는 일, 다른 하나는 일상이다. 균형을 이루고자 자연스레 무게를 재려다 문득, 균형이라는 게 비단 무게의 문제일까 하는 의문이 든다. 뭐가 더 가볍고 무거운지 비교해 수평을 이루는 것이 목표라면, 일에는 가능하면 한 톨도 더 얹고 싶지 않으니 말이다. 무엇보다 일은 적든 많든 쉼보다 늘 무겁게 느껴지는 까다로운 녀석이 아니었던가!

회사에 다닐 때, 워라밸을 챙기려고 퇴근 후에 내 시간을 가졌더니 왠지 마음이 자꾸 저녁 쪽으로만 기울었다. 아침엔 너털너털 굼벵이 같은 걸음으로 집을 나서는 주제에 저녁엔 말똥말똥한 눈으로 온갖 재미를 탐하다 잠자리에 들었다. 하루의 끝자락에만 몸과 마음이 가벼워지는 불균형이 생겨 버린 것이다. 그래서 아침에도 나의 시간을 가져 보기로 하고 시작한 게 미라클모닝이었다. 그때 나는 나의 워라밸을 이렇게 정의했다. 하루의 시작부터 마무리까지 평행하게 균형을 잡고 걸어가는 것.

20대 인터뷰이들은 워라밸을 이렇게 정의했다.

"다음 둘 중 어디에도 해당되지 않는 것!
1. 돈 쓸 시간은 많은데 돈이 없는 것
2. 돈은 많은데 쓸 시간이 없는 것"

"일할 땐 일하고 쉴 땐 쉬고
경계가 분명한 것!"

"퇴근 후에 일 생각을 하지 않는 것!"

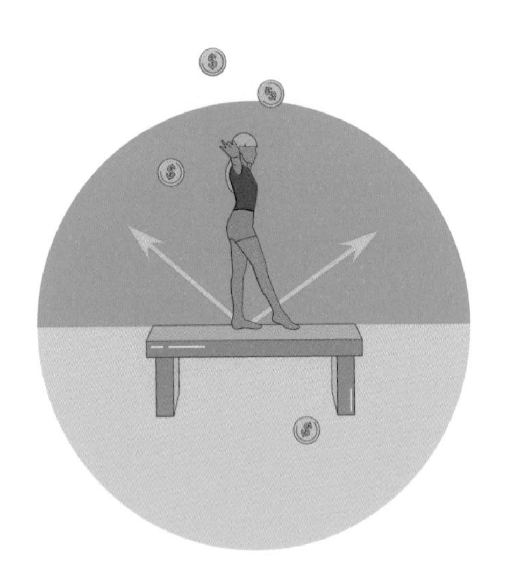

여기서 더 나아가, 그들의 진짜 관심은 일과 분리된 삶을 어떻게 보내고 싶은지에 있다. 이들의 답변 중 '퇴근 후에'라는 말 뒤에 이런 말들이 이어졌다.
"내가 있고 싶은 장소에서 하고 싶은 활동을 하는 것", "내가 중요시하는 일상과 취미에 몰두하는 것", "미래 계획이나 자기 계발에 생각할 시간을 갖는 것", "오롯이 혼자만의 시간을 가지는 것". 일에 에너지를 쏟는 만큼, 삶의 영역에서도 그와 비슷한 강도로 에너지를 발휘해 하루 전체를 보다 밀도 있는 시간으로 채우려는 것이다.

균형은 필연적으로 상대편의 존재를 의식하고 교감할 때 이루어지는 상태다. 아이러니하게도 모두가 워라밸을 말할 때 입을 모아 외치는 '일과 삶의 분리'는 '밸런스'와 양립하지 않는 개념인 것이다. 애초에 '워라밸'이라는 단어 자체에 이미 '워크'보다 '라이프'를 향한 욕망이 내재된 것처럼, 독립된 두 영역에는 자연스레 '우선과 차선', '비호와 선호'의 구분이 생기게 된다. 그런 마음의 불균형을 초래하지 않으려면, 일과 삶의 분리보다 건강한 '연결'이 필요하다. 그런 일과 삶의 연결을 인터뷰이들은 이렇게 말한다.

"일과 쉼이 서로에게 좋은 영향을 주며 에너지가 더해지는 이상적인 모습", "몸과 정신의 건강을 유지하면서 일을 지속하는 것", "일하면서 얻은 스트레스와 피로를 개인 시간으로 충분히 채워 나갈 수 있는 상태, 퇴근 후의 일정을 생각하며 다시 기운 내서 일할 수 있는 것".
그렇다면 워라밸을 지켜 내기 위해 어떤 장치를 마련할 수 있을까? 한 인터뷰이는 워라밸을 나에게 주어진 상황을 내 나름대로 컨트롤할 수 있는 상태라고 했다. 그렇다면 20대들은 워라밸을 위해 일상을 어떤 방식으로 컨트롤하고 있을까?

나도 한때 'NO트북 데이'라고, 일주일에 하루는 노트북을 열지 않는 날을 정한 적이 있었다. 나에게는 노트북이 곧 일이라, 노트북이 부재하는 것만으로 그날 하루는 온전히 일과 차단된 날을 만들 수 있었기 때문이다. 대신 그 시간에 친구와 약속을 잡거나 홀로 카페에 가서 책을 읽었다. 그렇게 규칙을 만들어 의도적으로라도 '라이프'를 챙기는 시간을 만든 것이다.

라이프를 위한 나만의 기준이나 조건을 세우는 이들도 있다. "무조건 칼퇴", "미룰 수 있는 일은 다음에 하기 정말 중요해요. 내 업무 가치를 지킬 수 있는 방법이거든요", "내가 정한 기간 안에 목표치를 달성하면, 남은 시간은 자유롭게 쉬어요". 또 시스템을 만드는 이들도 있었다. "To do list를 작성해서 나의 하루가 어떻게 구성되는지 먼저 파악해요. 그럼 어느 한 쪽이 과해지는지 조절할 수 있거든요", "고정된 업무 루틴을 만들어서 그 시간 안에 일을 다 끝마쳐요. 그리고 남은 시간엔 온전히 나를 위해 활용하는 거죠". 쉴 수밖에 없는 환경을 의도적으로 조성하는 방법도 있다. "집 들어갈 때 핸드폰을 꺼요. 집에서는 최대한 잠만 자고 간단한 영상 한 편 보는 정도로 제한하려 해요."

막상 라이프를 누릴 수 있는 시간이 생겨도, 어떻게 즐겨야 할지 당황스러울 때가 있다. 그런 때를 위해 나만의 라이프 스타일을 미리 구체적으로 생각해 보는 것도 좋다. "위클리 계획을 세우면서 나를 위해 하고 싶은 것들을 적어 놓아요. 자격증 공부도 좋고 산책하는 것도 좋고요", "가끔 바람 쐬러 나가거나 친구를 만나요", "일기를 쓰면서 어떤 행동을 어떤 감정으로 했는지, 실은 이런 감정이 아니었다든지 솔직하게 적어요". 이처럼 '워크'의 영역에서 휘몰아쳤던 감정과 상념들을 '라이프'의 시간으로 끌어와 천천히 되짚어 보는, 회고의 시간을 가지는 것도 좋다.

살다 보면 일에 과도하게 치우쳐 있지 않으면 안 되는 시기들도 생긴다. 하지만 그런 경우에도 언제나 삶엔 균형이 필요하다. 그럴 때 주의를 기울여야 하는 것이 기본을 챙기는 것이다. 여유가 없을수록 우리는 가장 기본적인 것부터 내려놓는 습관이 있다. 시간이 부족하다는 핑계로 끼니를 대충 때우거나 운동을 포기하고 친구들과의 일정도 죄다 차단하곤 한다. 그러나 이럴수록 삶에서 가장 기본으로 삼을 것을 정하고, 그것만큼은 타협하지 않으려는 자세가 필요하다.

일과 삶의 균형을 맞춘다는 것은 양쪽을 갈라 무게를 재는 저울질이 아닌, 평평한 평균대 위를 걷는 것과도 같다. 조금만 흐트러져도 바로 한쪽으로 기울고 마는 저울에는 '내'가 없다. 반면, 평균대 위에는 중심을 잡고 나의 속도로 걸어가는 '내'가 있다. 지금 나는 워라밸이라는 평균대를 잘 걸어가고 있을까?

쉴 줄 아는 재능을 가졌군요!

쉼

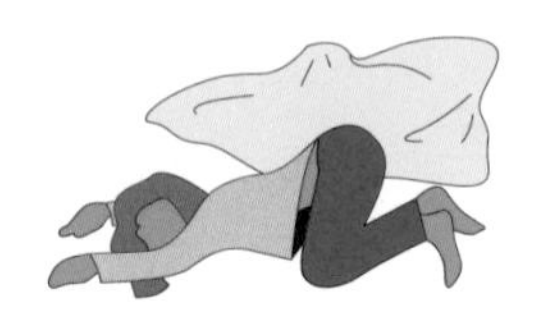

오기가미 나오코 감독의 영화 〈안경〉에서는 어딘가 기묘한 사람들이 모여 지내는 섬이 등장한다. 오후가 되면 바닷가에 가만히 앉아 한가로이 사색을 하고, 어설피 세운 작은 오두막에서 빙수를 먹으며 시간을 때우고, 단순한 음악에 맞춰 함께 영문 모를 체조를 한다. 이래도 되는 걸까 싶을 정도로 멍하고 느긋한 사람들이 삼삼오오 휴식을 즐긴다.

이곳을 찾은 주인공 타에코는 처음엔 낯설어 하지만 점차 그녀만의 방식으로 적응해 간다. 다른 이들은 대부분 헤매고 만다는 이곳을 단번에 찾아온 그녀에게 숙소 주인은 "이곳에 있을 재능이 있네요"라고 말한다. '재능'이라고 하면 무언가를 잘한다는 말이다. 처음 이 대사를 들었을 땐 쉼과 재능이라는 단어의 조합이 꽤 낯설다고 생각했는데, 생각해 보면 우리는 매 순간 쉼을 '잘'하고 싶어 안달이 나 있지 않은가.

‘쉼’에 대한 20대 인터뷰이들의 답변은 크게 ‘DO’와 ‘DO NOT’으로 나뉜다. 뭔가를 하면서 쉬는 쪽과 하지 않음으로써 쉬는 쪽. 하지만 답변의 양은 압도적으로 전자가 많았다. 흔히 ‘알차게 쉰다’라는 말도 전자를 두고 하는 말일 텐데, 이것은 어떻게 하면 내게 주어진 시간을 오롯이 내가 원하는 대로 지배해 완성도 있게 쓸 수 있을까 하는 것이다.
‘DO’ 타입을 보면, 몰입의 방법으로 콘텐츠를 소비하거나 생산하는 모습이 나타난다. “영화를 보거나 책을 읽거나 편집숍을 돌아다니며 영감을 얻는 시간을 보내요”, “나에게 쉼이란 오롯이 좋아하는 것들로 채우는 것, 좋아하는 책이나 영화 등의 콘텐츠를 봐요”.

또 하나는 타인과 대면하며 새로운 에너지를 가져오는 것이다. “좋아하는 친구들을 만나 각자 스트레스를 어떻게 풀어나갈 것인지 다양한 의견을 나누어요. 그런 얘기들이 재미있고 위로가 되며, 결국 이런 좋은 친구들이 내 곁에 있다는 사실만으로 기분이 좋아져요”, “사람들과 어울리면서 에너지가 채워지는 편이에요. 집에 혼자 있으면 몸은 편하지만 마음은 우울해요”.

여행이나 산책도 빠질 수 없다. "무작정 가장 빠른 표를 끊어서 바다로 떠나요", "예쁜 꽃과 나뭇잎, 작은 열매를 주우며 산책하는 걸 좋아해요". 똑같은 일상에서 벗어나 어딘가로 떠나거나 길가의 색다른 요소들을 발견하는 일은 일상에 신선한 자극을 준다.

반대로 무위의 미학을 실천하는 'DO NOT' 타입도 있다. "알람 없이 늦잠 자고 일어나서 생산적인 일은 하나도 하지 않아요", "모든 상황에서 쉼이 되는 행위는 오직 잠인 것 같아요", "술과 재즈에 빠지기", "맛있는 거 먹고 푹 자기", "침대에 누워 플레이리스트를 켜고 눈을 감고 있다 스르르 잠드는 것".

한 인터뷰이는 이렇게 말했다. "쉼이란 손잡이 같아요. 쉼표의 모양이 손잡이와 닮았잖아요. 지하철이나 버스를 탈 때 손잡이 없이 서 있어도 큰 무리는 없지만, 가끔 흔들릴 때 본능적으로 손잡이를 잡죠. 어느 정도 안정되면 다시 놓고요. 이렇게 늘 잡고 있진 않더라도 한두 번 도와주는 친구, 그게 바로 쉼인 것 같아요."

쉼은 그 자체로는 지속적이지 않을지라도, 지속해야만 하는 중요한 일상의 다른 행위를 오래 지속할 수 있도록 격려하고 지원하는 시간이다. 일상의 평화로운 지속을 위해 주기적으로 실천해야만 하는 적극적인 행위인 것이다. 그렇기에 아무것도 하지 않는 '게으름'과는 본질적으로 다르다. 말장난을 하자면 게으름은 'DO NOT'이고 쉼은 'DO NOTHING'이다. 쉼이란 행위 자체를 하지 않는 것이 아닌 'NOTHING'을 'DO'하는 행위라고 할 수 있다. 그렇다면 앞서 말한 쉼의 유형을 다시 정의해야 한다. 'DO'와 'DO NOT'이 아닌, 'DO SOMETHING'과 'DO NOTHING'의 쉼으로.

나에게 맞는 쉼을 어느 한 유형으로만 둬야 하는 것은 아니다. 애초에 그 어떤 쉼도 어느 한쪽으로만 치우치는 경우는 없고, 애초에 쉼을 두 유형으로만 구분하는 것도 불가능하다. 삶의 지속을 위해 쉼의 밀도와 강약을 균형 있게 조절하는 태도가 필요하다. 결국 중요한 것은 뭔가를 하느냐 하지 않느냐가 아닌, 삶의 건강한 지속을 위해 자신을 돌보는 시간을 갖고 달콤한 여유로움을 마땅히 누릴 줄 아는 것이다.

근육으로 만드는 프로필

운동

헬스에 진심인 사람들(일명 '헬창'이라고 불리는 이들)의 운동을 향한 집착이 웃음을 사면서 일종의 드립이 되어 버린 '근손실'이란 단어는, 운동에 별 관심 없는 이들에게도 자연스러운 유머로 자리 잡은 지 오래다.

벌써 한 3년 전쯤의 일인데, 그때부터였을까? 딴 세상의 일처럼 느껴졌던 운동이 일상의 반경 안으로 잠식해 오고 있다는 걸 느낀 것은. 운동과 거리가 먼 사람으로서 좀처럼 들을 일 없을 거라 생각했던 단어가 SNS에서 불쑥불쑥 튀어나오는 것을 보면서 느꼈다. 운동은 '헬창'이나 '다이어터'만의 리그가 아니었다는 것을. 꼭 운동 마니아가 아니더라도 한 종목씩은 다들 거들떠보며 운동을 각자의 일상과 SNS로 끌어들이게 된 이유는 과연 무엇일까?

20대 역시 체력의 한계를 느낀다.

"최소한의 건강과 체력을
유지하기 위해서 운동해요."

"미래의 나를 위한 근육 저축이죠."

"계단을 조금만 올라도 숨 차는 저질 체력을
어떻게든 키워 보고 싶어서요."

"하루 종일 컴퓨터 앞에 앉아
거북목 자세로 있다 보면 목과 허리가 아파요."

물론 그동안 지배적이었던 미적인 이유도 있다.

"키가 작은 편이라 왜소해 보이는 게 싫어서
덩치를 키우기 위해 시작했어요."

"몸이 탄탄해지고 예뻐지기 위해서요."

내가 바라는 이상적인 모습을 적극적으로 만들어 가는 20대들은 성형을 하거나 타투를 하고, 스타일을 바꾸고 화장법도 익히며 더 예쁘고 멋있게 보이기 위해 수많은 도전을 감행한다. 그중 큰돈이 없어도 스스로 노력하는 만큼 성과가 따르는 운동에 기꺼이 투지를 불사르지 않을 이유가 없는 것이다. 하지만 운동을 하는 이유 중에 20대가 주목하는 것은 따로 있다. 바로 운동이 가져올 눈에 보이는 단적인 결과물이 아닌, 운동하는 과정 자체에서 느끼는 기분과 감정이다.

"무기력감을 해소하는 것에 운동 만한 것이 없다는 것을 깨달았어요. 근육을 사용하는 느낌이 느껴질 때마다, 동작을 잘 수행할 때마다 성취감을 느끼거든요. 처음에는 다이어트를 목적으로 시작했는데 나를 위해 하는 것이라고 생각을 바꾸자 운동에 대한 스트레스가 완전히 없어졌고 오히려 더 강력한 동기가 생겼어요."

"다이어트 때문에 시작했는데 운동을 하니 활력이 생기고 오늘 하루를 잘 해냈다는 뿌듯함이 들더라고요."

"잡생각을 하지 않기 위해 시작했는데, 이제는 재미있어서 해요! 결과가 바로 눈에 보이고 시간과 노력을 들이면 내 의지대로 되는 유일한 것이라 생각해요."

"가장 쉽고 빠르게 성취감을 느낄 수 있는 게 운동이에요. 무기력하고 낮아진 텐션을 끌어올리는 데 정말 좋은 방법인 것 같아요."

이전에는 이상적인 모습을 달성하기 위해 억지로 꾹 참으며 버티듯 운동을 하는 경우가 많았다면, 지금의 20대는 이상적인 나의 모습을 향해 한 걸음씩 나아가며 변화를 체감하는 것 자체를 일상 속 유희로 삼고 있다. 무언가를 이루기 위해 운동하기보다 운동하면서 뒤따라오는 것들을 자연스레 취하는, 다시 말해 운동이 수단이 아닌 그 자체로 목적이 된 것이다.

가성비에 이어 가심비가 주목받고, 부자되는 법보다 행복해지는 법을 말하는 감성 에세이가 베스트셀러로 거듭나는 모습에서 볼 수 있듯, 지금의 20대는 실리 못지않게 마음이라는 땅을 비옥하게 가꿀 정서적인 양분을 갈구하고 있다. 하루하루 달라져 가는 나의 모습을 확인하며 일상에 치이느라 느끼지 못했던 순수한 성취감이나 보람을 맛보고, 바쁜 일상 속에서도 스스로를 잘 돌보고 부지런히 살고 있다는(이른바 '갓생'을 살고 있다는) 데서 오는 고양감도 느낀다. 그러한 진취적이고 긍정적인 감정은 내 삶을 온전히 자유롭게 책임지고 있다는 주인의식으로 이어지고, 원하는 어떤 모습이든 노력해서 이뤄내 보이고 말겠다는 도전 정신을 갖게 한다. 그러한 선순환이 지금 20대의 '취향'과 '자기PR'이라는 운동 트렌드를 탄생시킨 게 아닐까.

지금은 단순히 체력을 기르고 몸을 만들기 위한 목적으로만 운동하는 것이 아니다. 마치 취미를 고르듯 나의 성향에 맞는 운동을 다양하게 찾아 선택하기 때문이다. 운동에는 모두 자신만의 이유가 있다. 예컨대 러닝을 하는 이들의 답을 들어보면 "날씨나 풍경, 계절이 바뀌는 걸 온몸으로 느끼면서 운동할 수 있어서요", "아무 생각 없이 뛰는 것에만 집중할 수 있고, 레깅스를 입은 내 모습이 꽤 멋져 보여서!"처럼 각자만의 이유가 깃들어 있다.

크로스핏의 경우는 또 다르다. "사람들과 어울리며 친목을 다지다 보니 훨씬 재미있게 운동할 수 있어요", "혼자 조용히 하는 운동이 싫어서 시작하게 되었는데 에너지가 넘쳐서 좋아요"라는 이유들이 이어진 반면, 헬스를 하는 이들은 "사람들과 얘기할 필요가 없어서 내향적인 나에게 적합한 운동이에요", "누구와 겨루는 운동은 맞지 않아 웨이트 트레이닝을 하기 시작했어요. 오직 나의 기록과 겨루는 운동이거든요"라는 이유를 내놓았다.

기록하고, 인증하고, 공유하고, 자랑하는 다양한 기능을 가진 SNS라는 플랫폼은 자신을 어필할 수 있는 무대가 된다. 개인적으로는 매일 꾸준히 이만큼씩 운동했다는 성장의 기록을 쌓는 동시에 주변 사람들에겐 매일 운동하는 성실한 나의 이미지를 어필할 수도 있다. 운동은 한 사람의 정체성과 무드를 각인시키는 데 지배적인 역할을 하기도 한다.

각자의 다양한 운동을 통해 내가 어떤 무드를 뿜어내고 싶은지 확인하는 동시에 타인에게도 그러한 나를 자연스레 각인시키는 과정이기도 한 것이다. 그러한 흐름 속에 유행하고 있는 것이 바로 '바디 프로필'이다. 군살 없이 쫙 빠진 몸매를 만든 후, 그 인고와 성취의 순간을 기록하고 인증하기 위해 화보 컨셉의 사진으로 남기는 것이다. 운동은 과정과 결과에 성취감을 느끼고 더욱 나답게 세상과 자신을 마주하고자 하는 개성 넘치는 개인들의 유희 활동이자 자기 계발의 또 다른 여정이 아닐까.

온전히 나에게 집중하기

요가와 명상

작년 두 번째 자취를 시작하자마자 야심 차게 집에 들인 것은 핑크색 요가 매트였다. 그때까지만 해도 내가 하루 1시간씩 성실히 홈트에 투자하는, 워라밸에 충실한 직장인이 될 수 있을 줄 알았다. 벽장 구석에 처박아 둔 매트를 다시 꺼낸 건 요가라는 것에 새롭게 눈독 들이면서였다. 20대들에게 요가나 명상은 자신을 잘 돌보는 여유를 갖고 심신을 바로 세우는 힐링 리추얼로 부쩍 관심받고 있다. 20대의 평범한 일상 속에 요가나 명상이 자연스레 똬리를 틀게 된 이유는 뭘까?

그 어느 때보다 자기 계발에 대한 관심이 높아지고, 특정 인물의 재능이 아닌 일상의 작은 습관에 주목하기 시작하는 '루틴(리추얼)' 붐이 일면서 우리는 자연스레 그들이 하루를 어떻게 보내는지 들여다보게 되었다.
"성공한 사람들의 아침 루틴이 대부분 명상으로 시작한다는 걸 알고, 그들이 하는 데는 이유가 있지 않을까 싶어 한번 해 보자는 생각이 들었어요", "책을 보면 성공한 사람들이 명상을 한다고 해서 도전해 보니 나랑 잘 맞는 것 같아 종종 하고 있어요". 명상은 어느새 일상 속에서 삶과 마음을 캐주얼하게 가꾸는 도구가 되었다. 누군가는 힐링 목적으로 누군가는 자기 계발을 목적으로, 가볍게 유튜브 영상을 틀어 실천할 수 있는 간편한 루틴인 것이다. "기분이 안 좋을 때 명상 음악이나 가이드 명상을 틀어 놓고 눈 감고 있으면 안정이 돼요", "하루를 알차게 시작하고 싶어 아침 명상을 하게 됐어요".

우리는 끊임없이 외부 세상과 연결되어 있다. 심지어 휴식을 취할 때조차 SNS를 들여다보고 영화나 드라마를 본다. 혼자만의 시간을 갖는다곤 하나 실은 그것마저도 온전히 '나'에 집중하는 시간은 아니다. 우리는 눈뜰 때부터 잠들 때까지 갖가지 산만한 정보들에 둘러싸이고 그것들에 일일이 대응했던 가짜 감정들에 휩싸이며 에너지를 소모한다.
내가 그 순간 진짜 느꼈던 감정은 무엇인지, 어떤 상황에서 외치고 싶었던 진짜 목소리는 무엇인지 들여다볼 틈도 없이 외부 환경의 감각들을 수동적으로 걸러내기 바쁘다. 걸러 내기라도 하면 다행이고, 대부분은 정말 있어야 할 것의 자리를 비집고 들어와 곪아 간다. 비워 내지 못해 불어나는 만성 근심에 시달리는 우리에게 외부에서 쏟아져 들어오는 자극들 대신 지금 이 순간 나에 집중하라는 명상은 우리의 숨통을 틔운다.

"명상을 하면서 과거와 먼 미래를
묻어 두는 연습을 해요.
생각이 많아질 때마다 호흡하며
지금 이 순간에 집중하려 해요."

"나의 감정을 스스로 절제하고
조절하기 위해 명상을 시작했어요.
감정을 꺼내기 전에
심호흡을 세 번 하는 게
큰 도움이 되더라고요."

"생각을 비우고 싶은데
방법을 몰라서 시작하게 된 게
명상이었어요.
명상하는 동안에는
생각을 정리할 수 있어서 좋아요.
자기 전에는 특히 더
머릿속이 복잡한데,
명상을 하고 잠도 더
잘 자고 있어요!"

요가도 마찬가지다. 일정한 동작을 취하면서 지금 이 순간 몸의 움직임과 근육의 감각에 집중하고 내 안에 주의를 돌리는 수련이다. 비교적 페이스가 빠르고 반복적인 대다수의 운동과 달리, 동작을 취하는 시간 동안 몸의 감각과 머릿속에 떠오르는 생각들을 천천히 곱씹을 수 있다. 늘 바쁘게 돌아가는 일상의 페이스에서 벗어나, 나의 몸이 반응하는 편안한 속도와 감각들을 느끼며 일상의 여백으로 발을 들이는 것이다. "내 몸을 어떻게 컨트롤해야 하는지 고민하고 시도해 보는 시간을 가질 수 있어요", "집중하다 보니 요가를 하는 순간만큼은 잡생각이 들지 않아서 좋고, 집중력을 기르는 데도 도움이 돼요".

요가는 몸과 더불어 정신을 가다듬는 수련법이라는 특징 때문인지, 비슷한 동작들을 취하는 다른 운동과 달리 신비롭고 차분한 아우라를 풍긴다. 요가라고 하면 고요한 하늘 아래 유려한 몸을 하늘을 향해 뻗는 모습이 떠오르면서 '자신의 내면에 집중하며 건강한 라이프 스타일을 즐기는 사람'처럼 보이는 매직이 발휘된다. 왠지 나도 요가를 일상에 들이면 저러한 라이프 스타일을 누릴 수 있을 거라는 기대가 생긴다. 틈틈이 자신을 돌보는 시간을 갖고 취향껏 일상을 꾸리고자 하는 20대에게, 요가와 명상은 충분히 매력적인 루틴이다.

도전을 위한 호기심 어린 발걸음

등린이와 골린이

SNS를 일상의 무대로 삼는 20대를 어떤 것에 뛰어들도록 만드는 원동력은 무엇보다 '인증'이다. 요즘 떠오르는 흥미로운 것에 나도 도전해 봤고 그 결과 '해냈다!'는 기승전결의 '결' 부분을 강조하고자 하는 심리다. 그 '결'의 어필은 드라마틱하고 임팩트 있을수록 환심을 사는데, 드넓은 시티뷰를 발아래 두고 산봉우리에 위풍당당 서 있는 모습이야말로 제격이 아닐 수 없다. 20대가 등산의 매력에 빠질 수밖에 없는 이유다.

20대가 '산며든' 또 다른 이유는 자연을 감상하고 즐기는 것 자체에 관심이 많아졌다는 것이다. 현생을 괴롭게 하는 일상에서 벗어나 자연 그대로를 즐기는 것이다. 등산을 통해서 마주하는 푸른 산과 넓게 트인 도시의 풍경은 물리적으로도 현실로부터 잠시 떨어져 와 있는 듯한 해방감을 선사한다.
"등산할 때 가장 좋은 순간은 새로운 풍경을 볼 때! 올라오지 않았다면 결코 보지 못했을 풍경이잖아요", "정상에서 내려다보는 풍경이 너무 좋아요. 하늘 사진도 찍을 수 있고요!" 하지만 가장 많이 언급된 등산의 매력은 무엇보다도 소중한 사람과 함께 하는 시간이었다. 산이 선물하는 20대의 유쾌한 청춘 모먼트는 소중한 사람들과 함께 걷고 맛있는 한 끼를 즐기는 어느 한낮의 하루가 아닐까.

인스타그램에 '#골프'라고 검색하면 방대하게 펼쳐지는 썸네일 가운데, 한 가지 특이점이 있다. 바로 대부분의 사진 속 주인공이 여성이라는 점이다. 산뜻한 파스텔 색감의 티셔츠와 미니스커트를 입고 골프장에서 갖가지 포즈를 취한 사진들이다. 20대(정확히는 20대 여성)을 골프의 세계로 이끈 일등공신은 다름 아닌 패션이다. 이름 있는 아웃도어 브랜드들도 서둘러 'MZ세대를 겨냥한' 골프 웨어를 내놓기 시작했다.

산뜻하고 트렌디한 미니스커트를 입고 운동도 예쁘게 할 수 있다는 기대를 심어 주고, 운동하면서도 멋을 포기할 수 없는 20대의 마음을 적중한 것이다. 물론 골프의 매력에 대해 몇몇 인터뷰이들은 이렇게 말했다.

"작은 변화에 큰 기쁨을
느낄 수 있어요.
한 타 줄이는 것이 힘든데,
그걸 해냈을 때 뿌듯하거든요."

"일곱 살 때 아버지를 따라
라운딩 갔다가
해저드를 넘긴 내 모습이
멋졌던 기억 때문에
시작했어요."

"나이 들어서 부모님과
같이 놀기 위해선
골프를 배워야겠더라고요."

등산과 골프를 통틀어 이런 활동들이 뜨기 시작한 가장 큰 이유는 새로운 것에 도전하는 것 자체가 트렌드가 되고, 익숙치 않은 영역에도 과감히 '찜콩'하기 시작한 20대들의 호기심, 이른바 힙스러움을 감지하는 '힙 레이더' 때문이다. 운동이나 취미 활동의 종목이 다양해진 것도 이러한 까닭이다. 그런 의미에서 '등린이'와 '골린이'를 비롯한 수많은 '~린이'의 개념은 어린이처럼 순수한 호기심으로 세상의 다양한 자극들을 탐하며 당차게 발을 내디딘다는 뜻으로 생각하면 어떨까?

자기 몸 긍정주의

바디 포지티브

바디 포지티브는 '자기 몸 긍정주의'라고 불리는 개념으로 자기 몸을 긍정적으로 바라보고 사랑하자는 하나의 운동이다. 요즘 바디 포지티브를 실천하는 방향은 크게 두 가지다. '몸을 긍정적으로 바라보는 것'과 '몸을 긍정적으로 변화시키는 것'. 몸을 있는 그대로 받아들이는 것과 변화시키는 것을 동시에 말한다는 게 사뭇 아이러니하다. 예를 들면 내가 털이 많은 나를 인정하고 당당하게 거리를 활보하는 것은 전자, 사각팬티를 입어 사타구니에 물리적 부담을 줄인 것은 후자인 셈이다.

한편 '흠'이라고 여겨지는 것을 있는 그대로 받아들이는 것을 넘어 개성으로 승화시킨 경우도 있다. 알비노 증후군으로 부모에게 버림받았던 소녀 쉬에리는 2021년 〈보그(Vogue)〉의 화보를 장식하며 화제가 됐다. 세상이 흠이라고 정의하는 특징을 오히려 그녀만의 매력으로 어필한 것이다. 그런가 하면 얼마 전 한 브랜드에서는 '몸을 향한 긍정'을 주제로 매거진을 출간하면서, 다양한 이유로 몸에 남게 된 흔적을 아름다운 화보로 촬영하는 프로젝트를 진행했다. 상처나 흠으로 여겼던 몸의 흔적을 공유하고자 하는 용기 있는 사람들이 모였고, 사진작가의 도움으로 아름답고 개성 있는 장면이 탄생했다.

이처럼 몸은 그 자체로 소중하고 아름답다는 메시지를 전달하는 시도들이 곳곳에서 등장하고 있다. 은연중에 이상적인 몸을 규정하던 비현실적인 비율의 마네킹이나 모델이 점점 다양한 체형으로 대체되고, '표준 체형'을 반영하는 것을 넘어 아예 '표준' 자체를 정의하지 않는 시도도 보이고 있다. 또 나의 몸을 위한 친절한 속옷이 등장한 덕에 옷에 나를 끼워 맞추는 것이 아닌, 나에게 옷을 맞출 수 있게 되었다. 가슴을 답답하게 옥죄는 브래지어를 벗어던지는 '노브라' 움직임도 남의 시선보다 나의 편안함을 우선하는 내 몸에 친절한 행동의 일부인 것이다.

바디 포지티브의 핵심은 '몸을 향한 감정과 행동'을 내가 취사선택한다는 점이다. 몸을 바라보거나 다루는 기준을 더 이상 외부로부터 빌려오지 않고 스스로 컨트롤한다는 것이다. 만약 이 세상에 나밖에 없다면 과연 몸의 시시콜콜한 흠 따위 신경 썼을까?

몸은 온전히 나의 것이다. 몸을 향한 감정을 내가 선택하고, 나만의 시선으로 정의하는 것. 그래서 내가 보이고 싶은 대로 그대로 두거나 바꾸는 것. 바디 포지티브의 핵심은 바로 그러한, 긍정적인 '어쩌라고' 마인드다.

꿈과 성장

옆으로

옆으로

CHAPTER 4

뻗어 나가다-

아침을 쌓아 만드는 기적

미라클모닝

내겐 유명무실한 이름의 단톡방이 하나 있다. 포부만은 원대했던 그 이름, 바로 '미라클모닝 출석방'이다. 전에 같은 회사를 다니던 친한 동료 두 명과 함께 만든 톡방으로, 그들에게 미라클모닝을 전파한 건 다름 아닌 나였다.
작년 가을, 한창 미라클모닝 붐이 일던 무렵 치열하게 원고를 쓰던 나는 동료 J와 성수의 한 카페에서 이런 이야기를 나눴다. 회사 일에만 매몰되지 않고 나의 개인적인 일이나 자기 계발까지 두 마리 토끼를 잡을 수 있을까? 그때 우리가 냈던 결론(?)은 좀 독해져야 한다는 것이었고, 독해지기 위해 아침에 일찍 일어나 보자는 즉흥적인 약속을 걸었다. '아침 6시에 일어나서 단톡방에 메시지나 인증 샷 남기기!' 자신을 과신한 당찬 챌린지는 그렇게 시작되었지만 계절이 한차례 바뀔 때까지 성공한 날은 고작 한 손에 꼽았다.

'일찍 일어나는 새가 벌레를 잡는다'라는 속담처럼 탐스러운 밥벌이를 일궈낸 일명 성공한 자들에겐 대부분 규칙적이고 부지런한 아침 생활이 있다고 한다. 서점의 자기 계발서 코너에는 아침을 어떻게 활용하느냐에 따라 인생이 바뀐다는 이야기투성이다. 또 멋진 커리어 우먼이 유튜브를 통해 자신만의 미라클모닝 루틴과 철학을 공유해 많은 이의 존경을 받고 공중파 방송에 나와 흥미로운 이야기를 들려주기도 한다. '루틴'과 '리추얼', 그리고 '갓생'이라는 말까지 유행하는 요즘, 알차고 부지런한 생활을 하고자 다짐한 이들이 아침에 주목하게 된 것도 자연스러운 수순이다.

보통의 아침 일상은 일어나 등교하랴 출근하랴 정신이 없고, 일과를 마치고 돌아오면 지쳐서 생산적인 일을 하기 어렵다. 그렇게 일상 속 나의 시간을 되찾기 위해, 아직 모두가 잠들어 있을 이른 새벽부터 일어나 여유로운 시간을 갖고 자기 계발을 하기 시작한 것이 미라클모닝의 시발점이다. 더 자고 싶다는 욕구와 싸우며 내가 바라는 나의 모습을 향해 한걸음 내딛는 숭고한 과정인 셈이다. 늘 부족하게 느껴졌던 하루가 길어지고 그동안 낭비하고 있었던 시간을 내 것으로 만들어 간다는 느낌에 내 안에 여유가 스민다. 그 여유로운 마음은 내가 좋아하는 것 또는 에너지를 쏟고 싶은 것에 불을 탁, 켜는 스위치가 된다.

"아침에 눈 뜨자마자 유튜브 영상을 보며
10분 정도 요가와 명상을 해요.
이전에는 이불 밖으로 나오기 싫어서
움츠러들곤 했는데, 스트레칭을 하니까
확실히 더 쉽게 일어나고 의욕도 생겨서
하루를 개운하게 시작하게 돼요."

"아침에 간단하게 시리얼을 챙겨 먹고
운동하러 나가요."

"집 안을 청소하고 영어 단어를 외워요."

내 의지대로 일어나 오늘 가장 먼저 할 일을 내가 원하는 일로 선택하는 아침을 맞는 것이다. 전날 밤, 내일 일어나서 뭐부터 할지를 상상할 수 있는 것 또한 미라클모닝이 주는 또 하나의 특권이다. "전날 밤에 모닝 루틴을 세워요. 아주 세세한 것까지요. 이불 정리하고, 환기하고 식물 돌보고, 강아지랑 인사하고……."

미라클모닝에 장렬히 실패했다고 말했지만, 실은 나도 얼마간 꾸준히 성공했던 시기가 있었다. 아직 어둑어둑한 이른 아침, 전날 침대 옆에 미리 깔아 둔 매트에서 눈도 뜨지 않고 10분 정도 아침 요가를 한다. 씻고 어느 정도 정신이 들면 경건한 마음으로 책상 앞에 앉는다. 도로를 향해 나 있는 거대한 통창을 마주하고 앉으면, 하루를 맞은 사람들의 발걸음이 슬로우 모션처럼 펼쳐지고 그들을 싣고 달리는 버스의 번호가 유난히 밝게 비친다.
오늘의 기분에 어울리는 플레이리스트를 틀고, '확언 노트'라는 걸 쓴다. 더 여유가 되면 따뜻한 차를 마시며 짧은 독서를 하거나 영어 공부를 한다. 늦게 일어나 독서 단계까지 가지 못하는 경우엔 출근길까지 모닝 루틴이 이어지기도 한다.

미라클모닝은 꼭 꼭두새벽부터 일어나야 한다든가, 집 밖을 나서기 전에 이런저런 과제들을 알차게 해내는 것을 말하는 것은 아니다. 내가 스스로를 위해 아침이란 시간을 얼마나 주체적이고 긍정적으로 마주하고자 하는지가 핵심이다. 어떻게 아침을 내 것으로 만들 것인가에 대한 고민부터가 기적의 시작인 것이다.

미라클모닝은 나만의 아침을 잘 설계하는 습관이 기적을 가져온다는 뜻에서 만들어진 개념이다. 그걸 증명하듯 성공한 사람들이 모닝 루틴의 중요성을 줄줄이 역설하는 까닭에, 그것을 듣는 우리는 미라클모닝에 대한 도전이 곧 미래의 성공으로 이어질 거라는 기대를 품기도 한다. 그러나 미라클모닝을 하다 보면 어렴풋이 알게 된다. 삶의 기적을 가져오기 때문에 미라클이 아니라, 오롯이 주도적으로 맞이하는 내 하루의 첫 순간이 매일매일의 작은 기적이라는 것을.

포기가 아닌, 버릴 용기

N을 버릴 용기

'3포 세대, 5포 세대, 그럼 난 육포가 좋으니까 6포 세대.' BTS의 〈쩔어〉라는 노래 가사에는 이런 문장이 있다. 비참한 현실의 직격탄을 맞고 의지를 상실한 청년들을 'N포 세대'라는 말로 표현하는 언론과 어른들에 위트 있게 반기를 드는 가사다. 이렇듯 'N포 세대'는 그동안 20대를 별 고민 없이 손쉽게 묘사할 수 있는 치트키 같은 단어였다. 하지만 이쯤에서 묻고 싶다. '포기'라는 단어, 정말 이대로 괜찮을까?

2011년, 연애와 결혼, 출산을 하지 못하는 청년의 현실을 빗대어 '3포 세대'라는 말이 처음 등장했다. 해가 지나도 현실은 나아지기는커녕 더욱 악화되어 갔고, 그 현상을 꼬집는 '5포 세대'라는 단어가 생겨났다. 그렇게 청년들이 더 포기했을 두 가지(집과 커리어) 정도를 덧붙여 그럴싸한 '포기 패키지'를 완성했다. 하지만 그 이후, '7포 세대'라는 단어로 또다시 업그레이드됐고, 청년들은 취미와 인간관계를 포기하게 되었다. 하지만 청년들은 여전히 막막하다. 그렇게 건강과 외모를 포기한 '9포 세대'라는 말이 생겼다.

경제적인 불황과 정책의 사각지대 등 사회의 다양한 원인에 영향받는 청년의 삶은 제각기 구체적인 삶의 문제로 나타난다. 청년의 질 좋은 삶을 충분히 뒷받침하지 못하는 사회를 어떤 특정한 이데올로기나 신조어로 묘사할 수 있을지는 모르나, 각자 자신의 미래를 떠안은 채 현실과 일일이 대응해가는 청년 한 사람 한 사람의 삶을 '그러한 세대'라는 말로 일축할 수는 없다. 설령 정말로 우리가 앞으로 점점 더 무언가를 쟁취하기 어려워지더라도, 그때마다 'N+2 세대', '또 이걸 포기하게 된 세대', '앗, 특종! 사회초년생, 이것까지 포기하다!'라고 바이럴하는 행위는 마치 369게임과 비슷한 숫자 놀음에 불과하다.

'N포 세대'라는 말이 처음엔 청년의 포기를 옹호하고자 생겨난 단어였을지라도, 점차 사회를 감칠맛 나게 조롱하기 위해 그것에 비참히 무너져 가는 청년의 피해자 상(像)을 굳히고 싶어하는 이들의 간편하고 무책임한 묘사로 변질되어 가고 있는 건 아닐까.

‘N포 세대’라는 말을 사용할 때 저격의 화살은 언뜻 사회를 향하는 듯하지만, ‘포기’라는 단어를 사전에서 찾아보면 이렇게 정의된다. ‘자신을 스스로 포기함’, ‘자신의 권리나 자격 따위를 내던져 버림’. 포기라는 행위 뒤에 있는 주체는 결국 청년으로, 포기에 따르는 책임도 결국 ‘그 세대에 당첨된’ 우리에게 있다는 뉘앙스를 내포한다.

하지만 포기당한 가치들을 정한 것조차 우리가 아니다. 집과 결혼, 취업…… 사회가 이상적이라고 정해 놓은 가치에 기껏 열심히 부응하려 달렸건만, 사회는 다시 ‘N포 세대’라는 말로 우리의 삶을 멋대로 비관하고 있다. 20대 인터뷰이들에게 물었다. 이른바 ‘9포 종합 패키지’가 아닌, 내가 정한 포기 패키지는 무엇인지. 나다운 꿈을 위해 버리기로 선택한 것은 무엇인지.

대부분의 답변을 보면 '포기 패키지'라는 말이 무색하게 기껏 해야 한두 개뿐이었다. 그중 가장 많이 언급된 것은 연애와 결혼이었다. "굳이 해야 할까 하는 생각이 들어요. 결혼을 하지 않으면 인생에서 가장 열심히 일할 수 있는 3~40대의 시간이 더 많아질 것 같아요". 그 외에 비슷한 답변으로 출산이 있었고, SNS나 인간관계가 그다음으로 꼽혔다. 재산에 관련된 답변도 엿볼 수 있었다. "저는 시드 머니요. 퇴사 후 적금을 깨고 워홀이나 어학연수를 준비하고 싶어요." 한 인터뷰이는 포기하고 싶지 않지만 마음처럼 되지 않는다고 했다. "충분히 헤매고 서툴러도 되는 시간이요. 20대는 몰라도 알아가면 되는 나이, 실패해도 배우는 나이, 넘어져도 뼈가 붙는 나이라고 하지만, 저는 무언가를 모르고 실패하고 넘어지기를 마냥 피하고 싶은 것 같아요. 이것저것 시도하고 싶어하는 나를 애써 못 본 척하고, 사회에 빨리 적응하고 싶어하는 나만 데리고 사는 중이에요."

포기는 때로 엄청난 용기가 따른다.
지금 우리는 사회로부터 뚜드려 맞고
그저 무력하게 앉아 포기하는 것들을 늘려가는 게 아니라,
원하는 미래를 위해 나만의 우선순위를 정하고
주체적으로 취사 선택한다.

사실 대부분의 20대 인터뷰이들은
포기를 고르지 않았다.

"아직까지는 다 가지고 싶어요."
"아무것도 포기하고 싶지 않아요."

그리하여 이 자리를 빌려 대신 선언하는 바다.
우리는 포기가 아닌, 버릴 용기를 가졌다고!

일상 위에 하이라이트

갓생

20대들에게 요즘 열광하는 삶의 태도를 묻는다면 '대충 살자'와 '갓생'이 아닐까? 양극단의 모습이 공존하는 게 아이러니하면서도 웃기다. '에라, 모르겠다' 하며 살아 볼까 싶다가도, 더 나은 내가 되기 위해 하루하루 열심히 노력하고 싶기도 한 것이다. 대학 커뮤니티에서 빽빽한 시간표를 두고 'OO대 헤르미온느'라고 말하기도 하는데, 이는 영화 〈해리포터〉에서 전공 서적을 여러 권 끼고 다니며 이 수업 저 수업 바쁘게 옮겨 다니는 헤르미온느의 모습을 빗댄 말이다. 이런 삶이 흔히 말하는 '갓생'의 표본이라고 할 수 있지 않을까.

갓생 열풍을 증명하듯 형형색색 형광펜을 그은 교과서로 '열공'을 기록하는 계정이 SNS에 쏟아지고, 하루 일과를 다 해낸 체크 리스트 인증샷이 쏟아진다. 아침 일찍 일어나 책도 읽고 운동도 하고 영어 공부도 하며 알차게 사는 일상을 보여 주는 '갓생 VLOG'나 '갓생 사는 법' 같은 영상이 인기를 모으고, 갓생 사는 직장인의 '왓츠 인 마이백' 같은 파생적인 콘텐츠도 있다. 갓생에 열광하는 우리는 자신이 바라는 부지런하고 알찬 자아상을 만들어 가기 위해 루틴과 리추얼, 미라클모닝 등에 거침없이 도전하며 자기 계발의 강도를 높여 나간다. 갓생을 살고자 하는 이유에 대해 20대 인터뷰이들의 이야기를 들어보았다.

지금의 20대들은 황금 같은 시간을
쟁취하기 위해 눈을 반짝인다.

"무의미하게 시간 죽이는 게 아까워요.
열정과 욕심이 많은 사람이라……."

"시간은 내가 가진 가장 큰 무기라고 생각해요.
똑같이 주어진 24시간을 잘 활용해
하루빨리 성공하고 싶어요."

"삶에 무료한 시간이 생기는 걸 원치 않아요."

내게 주어진 시간을 최대한 활용해서
의미 있는 경험으로 채워 나가는 것은
청춘에게 부여된 책임인 동시에 특권이기도 하다.

"20대라는 삶의 변곡점 위에서
경제적으로나 사회적으로 발목이 잡혀
꿈을 이루지 못할 수 있다는 생각을 하면 불안해요.
지금 하고 있는 것들은 나중에 내가 원하는 것을
이루기 위한 최소한의 허들이라고 생각해요."

G O D
L I F E

열정 많고 진취적인 이들에게 시간은 든든한 조력자다. 한 인터뷰이의 말을 시작으로 비슷한 답변이 이어졌다. "지금은 다시 돌아오지 않잖아요", "한 번뿐인 인생인데 재밌게 살고 싶어요!", "인생은 짧은데 하고 싶은 건 너무 많아요", "성공도 해 보고 남들이 하는 건 다해 보고 싶어요". 해야 하는 것과 하고 싶은 것을 조율하며 인생이라는 땅 위에 다채로운 경험을 촘촘히 심어가는 것이 지금 떠오르는 가치이자 갓생의 모습이다. 그 하루하루가 모여 인생을 더 의미 있게 만들어 준다는 것을 잘 알기 때문이다.

갓생은 무언가를 이뤄 내기 위해 아등바등 견디며 사는 태도와는 전혀 다르다. 그 단적인 이유가 바로 '열심히 사는 내 모습이 좋아서'와 같은 답변에 있다. 갓생을 실천하는 많은 이들은 성장을 위해 기꺼이 시간을 설계하고 그것을 해내는 자신의 모습에서 더 높은 차원의 만족감을 느낀다. 갓생으로 얻어질 부차적인 산물보다, 나를 위해 마음과 에너지를 쏟는다는 감각 자체에 매력을 느끼는 것이다. "하고 싶은 것을 위해 무언가를 계획하고 움직인다는 것이 얼마나 큰 생동감을 일으키는데요. 무엇보다 가장 중요한 것은 그런 내가 참 좋기 때문이에요", "어제보다 더 나은 사람이 되고 싶어서". 한마디로

'갓생 사는 나'에 취하는 것이다.

갓생은 어쩌면 시간이 비는 것을 견디지 못하는, '공백'에 대한 면역이 없는 지금의 20대가 개발한 '인생 다꾸 챌린지' 같은 것일지도 모른다. 공백을 게으름으로 치부하는 사회에서 우리는 시간과 흥미, 능력의 공백에서 자유롭지 못하다.

아무것도 안 했다는 생각이 들면 뒤처지는 것 같고, 좋아하는 게 없거나 취미 생활을 하지 못하면 결핍처럼 느껴지고, 능력의 빈틈을 찾아 자꾸 공부하고 자기 계발을 해나가야 할 것 같은 부담에 짓눌린다. 하지만 쳇바퀴 굴리듯 맹목적으로 일과를 돌려 막기 하거나, 톱니바퀴처럼 틀에 박힌 역할을 수행하는 수동적인 포지션에서 가뿐히 탈피하고자 한다. 우러러보게 되는 최고의 대상에 붙이는 접두사 '갓-'을 붙인 '생'을 살며, 대외적인 성공과 즐거운 일상을 모두 놓치고 싶지 않은 우리의 열정에 찬사를 보낸다.

옆으로 옆으로 뻗어 가는 지식

교양

대학을 6년째(!) 다니는 사람으로서 고백하자면 난 줄곧 전공보다 교양파였다. 전공 과제에 허덕이다가, 한 학기에 두 번 맞이하는 교양 과목 시험은 내겐 사막의 오아시스나 다름없었다. 잠시 과제를 던져두고 교양 공부를 하는 것에서 힐링을 찾던 나는 '전공만 아니면 다 재미있구나'라는 진리를 일찌감치 깨달았다.

"알아두면 분명 언젠가 쓸 데가 있어요", "교양을 쌓을수록 세상이 더 재미있어져요"라는 인터뷰이의 말처럼 교양을 쌓는 건 일단 흥미롭고 재미있다. 그 이유를 생각해 보면 아마도 교양에는 자유는 있지만 책임은 없기 때문인 것 같다. 전공자가 아니기에 재미있는 수준까지만 파고들 수 있고, 내 인생을 걸 것도 아니기에 문어발처럼 이 분야 저 분야 콕콕 찔러봐도 손해 볼 것이 없다. 설령 잘못 알아도 전문가가 아니기에 과하게 비난받을 일도 없다.

회사에 들어가면 나도 모르게 멀티
플레이어가 된다. 내 영역 이상의 것
까지 두루두루 섭렵해야 하는 상황
에 놓이기 때문이다.

"옛날에는 한 분야의 전문가가 되는 것이 중요하다고 생각했는데, 막상 사회생활을 하고 다양한 분야의 사람들을 만나게 되면서 그 분야에 대해 조금이라도 알고 있어야 더 원활하게 소통할 수 있다고 느꼈어요. 업무 외의 분야도 잘 알고 있는 사람이 더 일을 잘하는 것 같더라고요."

교양은 세상을 확대해서 보여 주는
현미경이기도 하지만, 동시에 넓은
시야로 멀리 내다볼 수 있도록 하는
망원경이 되어 주기도 한다.

교양이란 말에는 지식 말고도 '품위'라는 뜻이 있다. 따라서 '교양 있는 사람'은 지식이 풍부한 사람을 말하기도 하지만 '품위 있는 사람'을 가리키기도 한다. 그리고 그 품위는 흔히 세상에서 통용되는 수준에 평균적으로 도달할 때 지켜진다고 여겨진다. 즉, 남들 하는 만큼은 하고 남들 아는 만큼은 알아야 한다는 것이다. "저의 경우는 자존심이에요. 남들이 아는 것을 모르고 싶지 않아요", "많이 알수록 많이 보이잖아요". 교양은 그 어느 때보다 품위 있는 사회인이 되기 위해서 가져야 할 0순위 자질이 되어 가고 있다.

그렇다면 정말로 교양 있는 사람은 어떤 사람일까. 혼자서만 충만한 지식으로 똘똘 뭉쳐 자기 세상을 완성해 낸 지성인? "다양한 교양을 쌓으면 세상을 보는 눈이 조금이라도 달라질 수 있을 테니까요. 사람들과 더 깊은 대화를 나누고 그들의 말에 잘 공감하고 싶어요", "다양한 사람들과 지속적으로 소통하고 싶어요. 그러려면 스스로 교양을 쌓아 두어야 한다고 생각해요". 교양 있는 사람은 혼자 잘난 것이 아니라 나와 다른 사람들과 세상의 이런저런 이야깃거리를 함께 고민하며 성장해 나가는 사람이다.

일본의 저널리스트인 사사키 도시나오는 저서 〈느긋하게 밥을 먹고 느슨한 옷을 입습니다〉에서 이런 표현을 썼다. 우리의 삶과 공동체는 '위로 위로'가 아닌, 점차 '옆으로 옆으로'를 향해 가고 있다고. 흔히 지식은 많아도 그 지식에 갇혀 고고하게만 서 있는 사람을 두고 '고지식'하다고 말한다. 그러나 지금의 20대가 교양을 쌓는 태도야말로 혼자 높은 위치를 향해 '위로 위로' 지식을 쌓는 것이 아닌, 다른 사람의 세상을 이해하고 공감하며 더 유연하게 연결되기 위해 '옆으로 옆으로' 시야를 넓히는 모습이 아닐까.

‘나’라는 ‘나만의’ 장르

퍼스널 브랜딩

어떤 대표적인 정체성을 구성하는 여러 요소가 서로 어우러져 나오는 아우라 자체가 고유명사가 되거나 또 하나의 장르가 되는 것이 바로 브랜딩이다.

에디터가 되고 처음 인터뷰했던 '예진문(yejinmoon)' 님의 기사를 쓸 때, 이런 생각을 했다. 단순히 그분이 디자인한 소품으로 집을 꾸미는 것을 넘어 '예진문 감성'이라는 고유한 무드를 추구하는 팬들이 생겼고, 인테리어에 있어 하나의 장르가 된 것 같다고. 지금도 그가 운영하는 브랜드와 별개로, 그의 개인적인 일상의 모습들도 사랑받고 있다.

즐겨 찾는 카페, 애정하는 브랜드, 자주 듣는 노래, 좋아하는 여행지, 인상 깊게 읽은 책 등 그의 소소한 일상과 취향이 누군가에게는 닮고 싶은 라이프 스타일이자 영감을 주는 콘텐츠가 되는 것이다.

'무과수(muguasu)' 님 또한 일상을 고유의 장르로 만들어 가는 분이다. 그가 SNS에 공유하는 아침 메뉴, 플레이 리스트, 추천하는 공간, 친구와의 대화 등 그의 일상은 '무과수'라는 매력적인 태그를 달고 '무과수스러움'을 동경하는 사람들의 감성을 어루만진다.

이렇듯 어느 분야에서 꾸준히 자신만의 스타일로 두각을 나타내 어느덧 고유명사가 된 듯한 이들을 보면, 그의 감성과 취향이 건네는 이야기에 매료된다. 일상의 기호들이 '그'라는 장르 안에서 일정한 결을 따라 하나의 매력적인 서사로 거듭난다. 그들은 자신의 삶을 충실히 사는 것뿐인데, 어느새 보면 자신이 속한 필드에서 스타일과 장르를 개척해 나가고 있다.

다양한 레퍼런스를 보며 그 어느 때보다 자신다운 취향을 가꿔나갈 수 있는 지금, 그것을 편하게 내보일 다양한 소통 채널까지 마련되어 있다. 사적인 수집과 기록은 인스타그램과 브이로그 등을 통해 한 편의 서사로 만들어지고, 그에 응원을 보내는 팬심과 피드백 속에 톤앤매너가 다듬어진다. 자신을 하나의 콘텐츠로 선보일 수 있는 기회가 일상 가까이 늘 자리하는 것이다. 그러나 요즘엔 내 의지와는 상관없이 필수적으로 요구되기도 한다. 내가 유일무이한 존재임을 끊임없이 어필해야 하기 때문이다.

자신만의 개성으로 무장한 인재들이 쏟아지는 사회 안에서 쉽게 대체되지 않기 위해서는, 나만의 독특한 이야기와 감도 높은 비주얼로 승부해야 '좋아하는 일로 돈을 버는' 낭만적인 돈벌이가 가능하다. 그리고 그러기 위해 취향의 매듭을 끊임없이 엮어 나가는 인고의 과정이 필요하다. 좋아하는 것을 즐기는 것을 넘어 '나'라는 장르로 묶고 '나다움'에 고유한 명칭을 붙여야 한다. 단순히 노래를 듣는 것을 넘어 '나의 플레이리스트'를 만들고, 내가 읽는 책들을 모아 '나의 책방'을 열고, 여행 중 기록한 글을 모아 한 편의 '여행 에세이'를 완성하는 것이다.

어디에나 속해 있지만 어디에도 속하지 않은

인디펜던트 워커

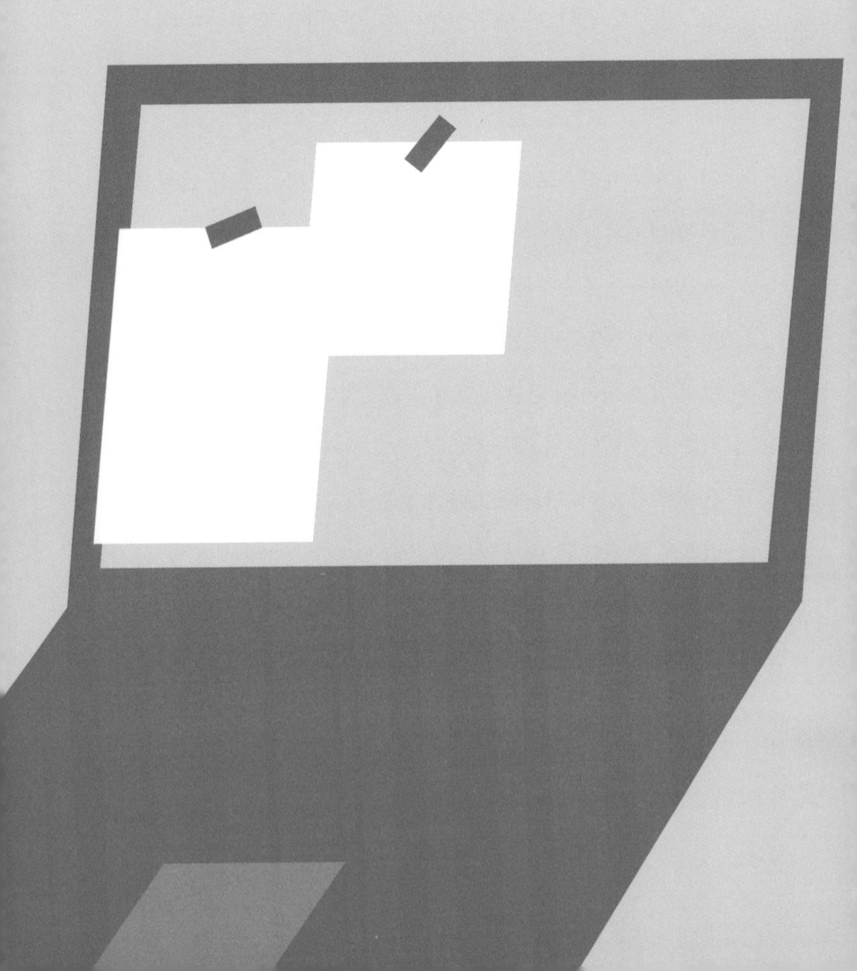

중학교 때부터 다양한 분야를 좋아했던 나는 소설을 쓰기도 하고, 작사나 작곡을 하기도 했으며, 꾸준히 그림도 그렸다. 나중에 이 모든 걸 다하는 사람이 될 거라고 호기롭게 선언도 했다. 하지만 대학에 오고 디자인을 전공하면서 자연스레 그쪽으로만 밥 벌어먹을 궁리를 하게 됐다. 그러다 에디터로 일할 기회가 생긴 것은 정말이지 우연이었다. '디자인 인턴 경험을 쌓아도 모자를 황금 같은 휴학 기간에 글을 쓴다고?'라는 불안이 있었지만, 그 마음은 과감히 묻어 두기로 했다.

에디터로 인턴 생활을 하면서도 퇴근 후에는 틈틈이 지인들이 부탁한 디자인 외주를 하기도 하고, 취미로 쓰던 소설도 꾸준히 썼다. SNS 플랫폼에 '리추얼'이나 '라이프 스타일'에 관한 소소한 기획 기사를 연재하거나, 개인적인 인터뷰 프로젝트도 진행했다. 그리고 그런 '사이드잡' 덕분에 책을 출간할 기회도 얻게 되었다. 그렇게 '문어발'의 불씨가 다시 지펴지고, 언뜻 내가 꿈꿨던 모습대로 살고 있는 것처럼 느껴졌다. 그런데 이내 '이렇게 일하는 방식을 뭐라고 하지? 어떤 방식을 롤모델로 삼고 나아가야 하지?'라는 고민이 생겼다.

그때, 타이밍 좋게 다가온 책이 〈인디펜던트 워커〉였다. 책에 등장하는 9인은 어느 회사의 멤버로 속해 있으면서도 자신의 비전에 부합하는 다른 팀의 프로젝트에 참여하거나 좋아하는 일을 기획하면서 다양한 사이드 작업을 한다. 회사의 업무를 하면서 나 자신을 연마하고 그 외의 시간에도 끊임없이 나를 브랜딩하는 것이다. 또는 회사에 속하지 않은 채 자신의 취미를 다양한 콘텐츠로 만들고, 책을 쓰고, 강연을 하며 독립적인 영역을 구축해 나가기도 한다.

'인디펜던트 워커'들은 회사를 뛰어넘어 개인의 영향력을 가진다. 그가 일하는 방식에 영감을 얻는 팬(?)들은 그가 참여했다는 이유만으로 다른 프로젝트에도 관심을 기울인다. 회사의 직함이 적힌 명함보다 그들의 이름이 적힌 명함이 더 주목받는 것이다. 그 사람을 둘러싸고 비슷한 관심사를 가진 사람과 일들이 모이고, 독립적이고 주체적으로 일을 꾸릴 수 있는 환경이 만들어진다.

best seller
1:30 Zoom

회사의 인재상에 부합하게 나를 끼워 맞추고 회사의 업무 패턴에 따라 나의 생활을 조정하는 것이 아니라, 나에게 찾아오는 회사, 프로젝트, 사람들을 나의 패턴에 맞게 조합한다. 회사라는 퍼즐의 한 조각이 되는 대신, '나'라는 퍼즐 안에 이런저런 업무와 프로젝트 조각들을 짜 맞추는 것이다. 어떤 일을 맡느냐에 따라 작가도 되고 크리에이티브 디렉터도 되고 에디터도 된다.

예전에는 한 직장에 오래 머무르며 수직으로 승진하는 것을 중요한 가치로 여겼다. 그렇기에 직장을 이리저리 옮기거나 도중에 관둔 이력들은 마이너스 요소로 간주됐다. 그러나 SNS를 바탕으로 나의 역량을 다양한 곳에 펼칠 수 있는 기회가 늘어났고, 회사와 독립된 개인 크리에이터로 거듭나는 사람들도 등장했다. SNS에서는 좋아하는 것들이 모이면 자동으로 콘텐츠가 되고, 사람들이 모여 커뮤니티가 형성된다. 그런 세상에서 자란 지금의 우리는 회사가 나의 아이덴티티를 결정하는 전부가 아니며, 오히려 내가 하나의 브랜드로 자리잡을 수 있음을 알고 있다.

다음 여정으로 가는 티켓

잡홉핑

누구나 가슴에 사직서 하나쯤은 품고 다닌다는 이야기, 들어는 보았나. 정말로 내밀 순 없기에 가슴에만 품는다는 뜻이겠지만, 이제는 그 사직서의 무게가 조금은 가벼워진 듯하다. 명함을 내밀듯, 마음만 먹으면 내밀 수 있는 것이 되었기 때문이다. 골로 가기 위해서가 아닌 골(Goal)로 가기 위한 편도행 티켓, 지금의 사직서다.

언젠가 채용 면접을 마치고 들어온 본부장님이 이런 말씀을 하셨다. "이력서를 보니 다 짧게 짧게 일했더라고. 그런데 요즘엔 그게 별로 흠이 아니라며?" 그 말에 나는 적극적으로 고개를 끄덕였다. "요즘엔 한 회사에서만 일해야 한다는 인식이 없어지고 있는 것 같아요. 취직하고도 더 좋은 회사로 이직하려고 퇴근 후에 자격증 공부를 하는 사람이 많대요."

취직이 마지막 관문이 아니라는 듯, 회사를 다니면서도 우리는 안주하지 않고 자기 계발의 끈을 단단히 붙잡는다. 평생직장이라는 개념이 옅어진 지금, 이직을 말하는 이들의 얘기를 들어보면 공통적으로 하는 말이 있다. "여기에서의 내 미래가 그려지지 않아." 회사가 우리의 미래를 책임져 주지 않는 상황에서 우리가 책임져야 하는 것은 회사의 미래가 아닌 나의 미래다. 그렇기에 회사가 나의 꿈, 목표, 자아실현에 부합하지 않으면 언제든 떠날 수 있다고 마음먹는 것이다.

아이돌 팬덤 사이에서 이 그룹, 저 그룹 가볍게 옮겨 다니는 팬을 두고 '철새'라고 비난하듯, 기껏 뽑았더니 금방 달아나 버리는 직원이 회사 측에서는 마냥 못마땅할 수 있다. 이기적이다, 끈기가 없다, 의지박약이다 등 곱지 않은 시선으로 혀를 찰지 모르나, 잡홉핑(Job-Hopping)을 하는 대부분의 20대는 의지박약이 아닌 의지가 넘쳐서 다른 곳으로의 도전을 꾀하는 이들이다.

이리저리 이동하는 철새는 적어도 자신이 가고자 하는 곳과 이유를 알고 있다. 잡홉핑을 시도하는 우리도 어디로 가야 하는지, 왜 가고 싶은지 뚜렷한 목표 의식을 가지고 모험을 꾀한다. 커리어의 보다 나은 성장을 위해 지치지 않고 목표를 향해 발걸음을 옮길 줄 아는 우리이기에, 오늘도 가슴에 다음 여정으로 가는 티켓을 품고 출근한다.

힙스터베이비들

CHAPTER 5

꿈꾸다

되고 싶은 어른이 되었나요?

어른과 꼰대

"앗! 원아, 요즘 이런 말하면 꼰대라 글지?"

"자꾸 얘기하면 또 꼰대인께 그냥 가만있어."

고향에 내려가 어른들과 술 한 잔씩 기울이다 보면 심심찮게 이런 말을 듣는다. 그럴 때마다 정작 나는 아무 타격도 없는데 소란이 벌어지는 이 상황이 조금은 당황스럽기도 하고, 재미있기도 하다. '꼰대'라는 말은 어릴 적부터 웃어른의 말을 진리처럼 받들어야 한다고 배워 온 우리가 만들어 낸 특별한 방어기제다.

K-유교걸, 유교보이로서 어른의 말에 그 자리에서 바로 말대꾸를 하거나 끼어들 수 없으니, 대신 어른의 정의를 바꾸기로 한 것이다. 그렇게 나만의 기준으로 어른의 자격이 없거나 어른으로 인정하지 않을 자를 가려내, 아무리 손윗사람의 말이라도 불합리하게 느껴지면 내 안에서 걸러 듣는 시스템을 만들었다. 옛날에는 일단 웃어른이 하는 말은 기분이 나빠도 묵묵히 참고 들었다면, 이제는 나의 자존감을 지켜 내고 방어하기 위해 나에게 이롭지 않은 자극은 '꼰대'라는 말로 가둬 버리고 치워 내기로 한 것이다.

요새는 어른이 무슨 말만 하면 '꼰대'라고 치부해 버린다며 불만의 목소리를 내는 어른들도 있다. 그런 걸 보며 확실히 처음에는 나이가 권력인 세상에 반기를 든 유쾌한 반란처럼 느껴졌지만, 점점 이렇다 할 기준 없이 무분별하게 윗세대를 깎아내리는 것처럼 느껴지기도 한다. 문득, 꼰대는 어쩌면 유머를 가장한 신종 '어른 혐오 단어'인 걸까?라는 생각마저 들었다. 하지만 기존에 권력을 가지고 있었던 특정 집단이나 세대를 비난하는 어떤 혐오적 단어는 설령 그것이 긍정적이든 부정적이든 그들로 하여금 처음으로 '검열'의 기제를 발동시키는 역할을 하는 것 같다. '꼰대와 버르장머리없는 놈'이 아닌 인생 선배와 후배의 관계로서 서로 건강한 거리를 유지하고 진정한 교감을 하기 위해, 20대가 바라는 '어른'의 모습은 무엇일까?

"제가 생각하기엔 말투의 차이 같아요."

"진정 저 말이 나를 위한 말인가?
그냥 자기 자랑 같다고
느껴지지 않으면 어른인 거죠."

듣기 싫은 잔소리 중에는 꼭 이런 말이 있다. '다 너를 위해서 하는 말이야.' 하지만 그 말은 받아들이는 이에 따라서는 각각 다르게 다가온다. 그저 '어른'이라는 이유만으로 나이와 경험을 앞세운 무조건적인 'PULL'인지, 상대가 주체적으로 인생을 개척해 나갈 수 있는 응원과 믿음의 'PUSH'인지 깊이 생각해 볼 필요가 있는 것이다. "주의 깊게 들었던 어른의 조언은 듣는 이를 고려한 이야기가 대부분이었어요. 듣는 이의 마음과 상황을 먼저 이해하고 배려하며 전하는 이야기를 들으면 나도 저렇게 사려 깊고 존중하는 '어른'이 되어야겠다고 생각하지만, 꼰대라 불리는 어른의 이야기는 그냥 아무 느낌 없는 본인 이야기로만 들릴 뿐이죠."

latte is horse

"어떤 이야기를 했을 때 상대의 표정이
'아……' 하면 어른,
'어……' 하면 꼰대요."

이 말을 들었을 때 양쪽 모두의 표정이 절로 떠올라 웃음이 나왔다. 한마디로 이롭고 듣기 좋은 소리를 하는가, 시답잖은 잔소리를 하는가인데 흔히 전자는 조언과 격려, 후자는 오지랖을 내세운 충고다.

"어른은 나이를 권력으로 삼지 않는다는 게
가장 큰 차이점인 것 같아요.
상대의 삶을 존중하고 각자의 인생에
지나치게 개입하지 않죠.
반면 과하게 제 인생에 개입해서
선을 넘는 사람을 꼰대라고 생각해요.
한마디로 어른과 꼰대에 대한
제 기준은 이거예요.
필요한 조언과 불필요한 오지랖!"

"내가 이미 아는 것을 가르치는 사람은 꼰대,
나의 발전을 위해 내가 모르고 있는 걸
알려 주는 사람은 어른."

**"어른은 조언을 하지만
꼰대는 충고를 해요."**

하지만 이쯤 되면 조금 헷갈린다. 영어로 번역하면 둘 다 'Advice'인 '조언'과 '충고'는 뭐가 다를까? 사전적 의미를 찾아보면 조언은 '말로 거들거나 깨워서 도와주는' 것, 충고는 '결함과 잘못을 타이르는' 것을 뜻한다. 그런 의미에서 보면, 어떤 상황에서 상대가 더 나은 방향으로 성장하길 응원하고 싶다면 충고보다는 조언이 더 맞는 의미일 것이다. 20대가 생각하는 '어른'은 지혜를 가지고 상대를 위해 진심 어린 응원과 격려를 하는 사람, '꼰대'는 그냥 자신이 맞음을 드러내기 위해 위하는 척 충고하는 사람이 아닐까.

어른의 진가는 '문제 상황'에서 드러난다. 문제 상황이 생겼을 때, 누구보다 속상하고 분한 것은 자기 자신이다. 일부러 들춰내지 않아도 스스로 머릿속을 헤집으며 어떤 것이 잘못되었는지 뉘우칠 수 있다. 하지만 그런 상황에서 '꼰대'는 당장 끓어오른 감정을 표출할 구멍을 찾지만, '어른'은 상대의 속상한 기분을 헤아리고 스스로 슬기롭게 성장할 수 있도록 묵묵히 길을 내어 준다.

'어른'은 본인이 꼰대인 걸 알고 변화하려고 의식적으로 노력하는 사람, '꼰대'는 본인이 꼰대인 걸 모르거나 혹은 알고 있더라도 관성대로 사는 사람이다. 또한 '어른'은 세상의 변화를 받아들이고 스스로 변화할 의지를 가지지만 '꼰대'는 자신만의 방식에 갇혀 다른 사람들도 그렇게 행동하기를 강요한다. 하지만 이 세상에 과연 '완벽한 어른'이 있을 수 있을까? 그렇기에 우리는 살아온 시간이 아닌, 앞으로 살아갈 시간을 생각하며 어른과 꼰대를 구분 짓는다. 후에, 우리 역시 또 다른 꼰대가 되지 않기 위해서.

접시에 놓인 다정한 철학

비건

친구 K, 친구 S와 만든 모임이 있다. 이름하여 '막마고', 달의 마지막 날마다 고기 먹는 모임이다. 서울에서 자취하는 처지로 평소 거하게 삼겹살씩이나 구워 먹기 부담스러운 우리에게 한 달에 한 번 수고했다는 의미로 주는 선물 같은 날이다. 어느덧 횟수로 8번이나 치른 정성스러운 이 의식은 누가 보면 지독한 육식주의파들의 게걸스러운 회합처럼 보일지 모르나, 실은 나와 친구 K는 간혹 채식의 바운더리를 기웃거리길 좋아해 일부러 비건 식당을 찾아다닌 적도 여러 번 있다. 하지만 채식을 실천하는 건, 우리에게 그리 호락호락한 일은 아니다.

'내가 먹는 게 곧 나, 쓰는 것이 곧 나'라는 슬로건이 등장하며 의식주를 비롯한 생활 전반에서 가치 소비와 윤리 소비를 강조하는 라이프 스타일이 화두가 된 지는 오래다. 이러한 소비 흐름에서는 '나'를 어떤 사람으로 정의할 것인지가 쟁점이다. 이 지점에서 예전과 한층 달라진 인식이 있다면, '나'라는 자아상을 정의함에 있어 비단 나뿐 아니라 나와 관계 맺고 있는 주변 환경까지 나의 일부로 여기거나, 혹은 더 나아가 내가 그것들의 일부라고 받아들이게 됐다는 것이다.

이전에는 나의 기호를 최우선으로 두고 내가 좋아하는 걸 먹고 입는 것으로도 충분히 만족스러운 자아 정체감을 형성할 수 있었으나, 이제는 나의 기호로 인한 선택이라 할지라도 나와 관계 맺고 있는 다른 생명과 환경, 사회에 악영향을 준다면, 그것은 곧 내 세상을 겨냥하는 거나 마찬가지라는 인식이 점차 퍼져 가고 있다. 20대들 사이에서 퍼져 나가고 있는 가치 소비와 윤리 소비는 바로 그러한 것들을 외면하지 않으려는 데서 뻗어 나온 큰 연대의 줄기다. 그리고 그 가운데 식생활에서 특히 주목되고 있는 것이 '비건(vegan)'이다. 예전에는 그저 개인의 기호였던 것이 이제는 집단적인 전 세계적 운동으로 강조되고 있는 것이다.
주변에 하나둘씩 비건을 실천하는 이들이 많아지면서 가볍고 캐주얼하게 비건을 받아들이는 경우가 많다. 무엇보다 비건은 무언가를 '배려'하는 식습관이라는 점이 매력적이다. 한 끼 식사를 하더라도 훨씬 넓은 세상을 의식하고, 일상 한 부분을 의미 있는 조각으로 채울 수도 있으니 말이다.

하지만 이런 개인적인 기쁨보다 비건을 실천하는 이들이 언급하는 대표적인 이유는 역시 동물권과 환경보호다.

"예전보다 동물을 중요시하는 사람들이 많아지다 보니, 그와 관련된 영상이나 글을 자주 접하게 되면서 자연스레 비건에 관심이 생겼어요."

"내가 어떤 권리로 동물을 먹을 수 있나 의문이 들더라고요."

"주변 지인들에게 자주 추천받았던 다큐멘터리 《씨스피라시》와 《카우스피라시》를 감상하기 전까지는 채식의 필요성을 크게 못 느꼈어요. 비건은 일부 사람들만의 영역이지 내 몫은 아니라고 생각했거든요. 그런데 대부분의 사람들이 죄의식 없이 눈앞에 놓인 고기를 맛있게 먹어 놓곤 집에서는 강아지, 고양이 등 자신의 반려동물과 행복한 시간을 보내요. 내가 오늘 먹은 고기와 어여쁘게 여기는 동물이 근본적으로 다른 존재인 걸까요? '식용'과 '반려'라는 운명을 가름하는 기준은 무엇일까요? 공장에서 대량 사육되는 오리와 작은 농장에서 키워지는 오리의 결말은 다른 걸까요?"

한 인터뷰이는 이 지구에서 수많은 생명과 공생하며 살아가는 우리의 삶을 이렇게 표현했다. "말하자면 우리는 이 지구의 세입자인 거예요. 위아래층에 사는 다른 생명체들과 층간 소음 없이 잘 지내야 하죠. 자가가 아닌 전세라, 다음 세입자에게 잘 물려주기도 해야 하고요."

한편, 비건은 동물을 넘어 환경과 산업 전체에 관련된 문제이기도 하다. 이 문제에 대해서도 많은 인터뷰이들이 이런 답을 해 주었다. "제가 비건에 관심을 가지게 된 이유는 환경적인 측면이 가장 커요. 축산업에 할애되는 식량이 생각보다 많아서 적잖게 놀랐어요", "생명의 존엄성을 침해하는 축산업의 폐해를 줄이고, 뜨거워지는 지구의 속도도 늦추고 싶어요", "처음엔 비건이란 단순히 개인의 기호이거나 동물을 살상하는 행위에 불편함을 느끼는 사람들이 가지는 신념이라고만 생각했어요. 하지만 필요 이상으로 자원이 낭비되는 현대 사회에서 비건이 자원을 균등하게 배분할 수 있는 방법이 될 수 있다는 신선한 관점을 접하게 되었어요".

비건은 단순히 고기를 먹지 않고 동물 실험을 하지 않은 물건을 구매하는 단발적인 행위에 그치는 것이 아니라, 일상에서 얼마나 의식적으로 내가 바라는 가치를 지키기 위해 고민하는지에 대한 지속적인 삶의 태도이다. 채식에 관심을 가진 후 달라진 것이 있냐는 질문에 이런 대답들이 이어졌다.

"고기나 고기가 들어간 음식을 사 먹는 행동을 한 번 더 생각해 보고, 때로는 먹지 않기로 결정하기도 해요. 음식이라고만 단편적으로 생각하기보다, 음식을 소비하는 행동에 얽힌 모든 사회적 결과까지 생각하게 되었어요", "비단 식품뿐 아니라 여러 제품들의 유통 과정에 전반적으로 관심이 많아졌어요".

이런 태도를 몸에 익히기 위해, 완벽한 비건은 아니더라도 주기적으로 채식을 실천하는 '플렉시테리언(Flexiterian)', 달걀과 유제품 및 생선은 먹고 육류만 먹지 않는 '페스코베지테리언(Pesco-vegetarian)' 등 다양한 채식 요법에 도전하는 사람도 늘고 있다.

비건은 새로운 삶의 가치와 즐거움을 발굴하는 습관이라는 것에 마음이 기운 이후로, 올해 1월부터 나도 일주일에 하루 '비건 데이'를 실천하며 식단 일기를 기록하고 있다. 수첩에 비건 식사를 하면 초록색 동그라미를 그리고 육류가 함유된 음식을 먹으면 주황색으로 표시한다. 그렇게 나름의 규칙을 부여하니 주황색을 표기하기 싫어서라도 의식적으로 채식 메뉴를 찾아보게 된다. 하지만 맛있는 음식이라면 죄다 탐하고 싶은 나로서는 채식도 좋지만 여전히 매달 '막마고'에 목을 맨다. 누군가는 이런 나를 보고 '이런 개박쥐가 다 있나!' 하겠지만, 어느 책의 제목을 빌려 이렇게 말해 봐도 좋지 않을까.

"비거니즘, 완벽하지 않아도 괜찮아!"

서류가 아닌, 서로가 필요해

뉴노멀 가족

결혼 생각이 없는 난 나중에 어디서 누구와 어떻게 살아갈지 수시로 상상해 보곤 한다. 마음이 맞는 친구와 넘어지면 코 닿을 곳에 살며 저녁마다 치킨을 시켜 먹고 술 한 잔 기울이며 살고 싶다거나, 혹은 인생을 공유하고 싶은 애인을 만나게 되면 각자 방이 보장된 곳에서 동거를 하고 싶다거나, 실버타운처럼 아예 빌라 한 단지를 빌려 서로 검증된(?) 지인들끼리 단란히 모여 산다든가 하는 다양한 '살이'의 모습을 죄다 상상해 보는 것이다.

흔히 '가족'이라고 하면 떠올리는 평범한 이미지, 그 노멀(normal)함에는 평범하지 않은 것들이 가질 수 없는 이점이 있다. 바로 편리함과 안전이다. 한 거대한 공동체를 끌어안고 있는 공적인 기준이 최선을 다해 보호해 주고 있기 때문이다. 법이나 사회 제도가 인정하고 있는 가족의 형태를 구성하면, 서로와 더불어 살아가는 과정에서 맞닥뜨리는 수많은 사건이나 이벤트를 보다 간단하고 편리한 절차로 해결할 수 있고, 환경적인 위협이나 갈등에도 보다 안전하고 견고한 울타리 안에서 지낼 수 있다.

아빠 말처럼 결혼하면 내가 아플 때 가족 구성원이 대신 수술 동의를 해 얼른 치료받을 수 있고, 곤란한 사고가 생겼을 때나 대신 중요한 일거리들을 처리해 문제없이 일상을 지속시킬 수 있다. 이러한 보통의 가족을 우리 사회는 '정상 가족'이라고 칭해왔다. '노멀(normal)'이라는 말은 '보통의', '정상적인'이라는 뜻을 동시에 가지고 있다. 평범한 것이 정상이며, 평범하지 않은 것은 비정상이라는 뜻으로 들리나, 과연 그럴까. 이제는 애초에 과연 '평범한 것'이란 무엇인지 다시 정의해 보고, 다시 고민해 봐야 하는 '뉴노멀(New-normal)'의 시대이다.

'뉴노멀'은 시대 변화에 따라 새롭게 떠오르는 기준을 일컫는다. 그렇다면 가족에 있어서의 뉴노멀은 무엇일까? 특히 장차 가정을 꾸리게 될 20대들의 가족에 대한 의식이나 가치관이 달라진 지금, 더 이상 혈연으로만 이루어진 공동체, 부모님과 아이로 이루어진 핵가족만을 가족이라고 말하기엔 민망할 정도로 갖가지 형태의 가족에 대한 계획과 로망들이 등장하고 있다.

수적으로 우세한 특정 흐름이나 기준이 있는 게 아니라 각자 자신이 꾸리고 싶은 가족의 모습을 자유롭게 상상하고 있기 때문에, '요즘은 이런 형태가 대세야'라고 정의할 기준조차 사라진 상황이다. 이제는 어쩌면 뉴노멀도 아닌, 노노멀(No-normal) 혹은 올노멀(All-normal), 또는 마이노멀(My-Normal) 쯤 되려나 싶다. 주변의 20대에게 내가 꾸리고 싶은 가족의 모습, 그들의 다양한 '마이노멀'을 물어보았다.

"마음을 기댈 수 있는 사람이 없으면 그냥 혼자 살 것 같아요." 혼자든, 배우자와 함께든, 친구와 함께든 상관없이 공통적인 키워드는 '마음'이었다. "결혼하지 않아도 괜찮은 애인과 함께 살고 싶어요", "정말 사랑하는 사람이 생긴다면 결혼하고, 아니면 반려묘와 함께 살래요", "마음이 맞는 친구와 한 집에 살고 싶어요", "신뢰하고 의지할 수 있는 존재와 한 공간에 거주하는 거요. 그게 사람일 수도 동물일 수도, 둘 다일 수도 있겠죠!". 사랑, 마음, 신뢰 등 정서적인 풍요로 서로의 마음이 하나될 수 있다면, 성별과 혈연이라는 기존의 보편적인 기준이나 결혼이라는 법적 제도, 자녀 유무는 그닥 상관없다는 것이다. 그리고 그것이 사람이든 동물이든 중요하지 않다. 나와 마음이 맞는 동반자, 그걸로 충분하다.

"저는 결혼 생각이 없어요.
현실 때문에 포기했다기보다는
나에게 더 집중하며 살고 싶어서요.
하지만 혼자는 외로우니,
친한 친구와 쉐어 하우스에서 살고 싶어요.
거실과 부엌만 공유하고 각자 독립적인
공간에서 생활하는 가족으로요."

"나홀로족이 모인 타운이 좋을 것 같아요.
혼자 사는 사람들끼리
하나의 커뮤니티를 이루어
정서적인 교감이나 필요한 보호를
공유할 수 있는 형태요."

흔히 1인 가구를 지향한다고 하면, 누군가와 부대끼며 사는 것에 거리낌을 느끼고 타인에게 곁을 주지 않는 사람인 것처럼 바라보는 시선들이 있다. 하지만 이들 대부분은 사람이 싫어서 혼자 동떨어져 살고 싶은 게 아니라, 누군가와 온정을 나눌 수 있는 반경 안에서 독립적으로 살고 싶을 뿐이다. 그렇기에 각자 자신만의 독립된 퍼스널 스페이스를 가지면서, 동시에 언제든지 다른 누군가와 함께할 수 있는 퍼블릭 스페이스를 지향한다. 폐쇄적인 1인 가구가 아니라 오히려 개방적으로 서로 연결된 1인 가구의 군집을 바라는 것이다.

1인족, 펫팸족, 딩크족 등 결혼과 출산을 선택하지 않는 다양한 가족을 일컫는 신조어들이 우후죽순 등장하는 걸 보면, 요즘 20대는 결혼하고 아이를 낳아 가정을 꾸리는 것에는 아예 등 돌린 채 새롭게 등장한 흐름에만 열광한다는 착각을 불러올지도 모르겠다. 그러나 그건 오산이다. 내 주변만 해도 결혼해서 자식을 낳아 화목한 가정을 꾸리고 싶어하는 친구들도 많다. "결혼하면 아이는 많이 낳고 싶어요. 동생들이랑 북적거리면서 자라온 게 좋았거든요", "어렸을 때부터 우리 가족처럼 화목한 가정을 이루는 게 막연한 소망이었어요". 가족의 형태에 신선한 뉴노멀들이 등장하고 서로 다른 가치관들이 매혹적으로 흩어져 있는 환경에서도, 20대들은 자신에게 맞는 마이노멀을 진중히 파악하고 당당히 어필한다.

당장 내가 꾸리고 싶은 가족의 형태 말고도, 앞으로 이런 형태의 가족들이 생겨날 것이라 조망하는 시선들도 다양하다. 그중 가장 많이 언급된 것은 보호망이 넓어진 가족의 형태다. '보호자 없이도 수술이 가능한 온전하고 안전한 1인 가구', '친구끼리 서로의 보호자가 되어 주면서 사는 가족', '동성끼리 서로 보호자가 되는 가족' 등 법적인 보호망이 아닌, 실제 개개인의 삶에서 서로를 실질적으로 보호하고 도움을 줄 수 있는 관계망까지 가족의 형태로 넓게 포용하자는 것이다. 이는 곧 제도나 혈연과 상관없이, 서로가 건강하게 의지하고 도움을 주고받을 수 있도록 꾸려진다면 어떤 형태든 가족으로 인정받을 수 있다는 의식을 바탕에 두고 있다.
"굳이 법적인 관계를 맺지 않더라도 서로를 가족으로 여기며 살아가는 무리가 늘어나지 않을까 해요. 서로의 의지에 따라 모이고 해체될 수 있는 유연한 형태요", "오래 알고 지낸 동네 친구가 가족이 될 수도 있는 등 점차 덜 명시적인 형태의 가족이 생겨날 것 같아요", "실버타운에서 시니어들이 함께 살아가거나 성소수자들의 가족 결합이 활발해질 것 같아요",

"미혼부나 미혼모 등 한부모 가정이 평등하게 살아갈 수 있는 사회가 오길 바라요", "로봇이나 반려 동식물처럼 사람이 아닌 형태가 가족 구성원을 대신할 수도 있지 않을까요?".

혈연으로 이어져 있지 않더라도 소중한 존재들을 가족으로 포용하고, 보살피고 도와주고자 하는 연대의 마음가짐이야말로, 다양한 마이 노멀들을 한데 어우르는 이 시대 '새로운 보통이자 정상(New Normal)'이 아닐까.

몇 년 전부터 1인 가구의 비율이 점점 늘어나고 뉴노멀 가족에 관한 개념이 등장하면서 자주 언급되었던 표현이 있다. '전통적인 가족관의 붕괴', '가족의 해체'와 같은 것들이다. 요즘은 개인주의가 팽배해 타인과 깊은 관계를 맺지 않으려 하고 심적, 경제적 여유가 없으니 결혼과 출산을 포기한다는 식으로 20대의 이미지를 굳히고 있다. 하지만 앞서 다양한 뉴노멀의 모습들을 보면 알 수 있듯이, 지금의 20대는 오히려 타인과 더 유연하게 연결되어 있고, 이전까지 배척당했던 다양한 관계나 공동체까지도 폭넓게 끌어안고자 한다. 그리고 여전히 세상의 여러 존재와 함께 더불어 살아갈 수 있을지에 대한 새로운 연대의 방법들을 고민하고 있다.

위로와 용기의 창조경제

돈풀

돈만 있으면 무엇이든 살 수 있다. 이런 말은 꽤 씁쓸한 자본주의 시대를 겨냥한다. 그에 반격하고자 사람들은 “돈으로 살 수 없는 것은?”이라는 질문을 던지며 오랫동안 그 답을 강구해 왔다. 간혹 ‘시간’이나 ‘친구’ 같은 그럴싸한 대답이 있었지만, 이제는 그것들 역시 돈으로 살 수 있다는 의견으로 기울어진 지 오래다. 그렇다면 정말로 돈으로 살 수 없는 게 있을까. 위로, 용기 같은 추상적인 마음은 어떨까.

돈의 의미와 역할은 여느 때보다 커졌다. 이제는 단순히 재산이 아니라 한 사람의 가치관과 정체성을 표현하는 수단이 된 것이다. 돈으로 주고받는 것들이 곧 나의 정체성이 된다는 말은 다소 씁쓸하게 들리기도 하지만, 한편으로는 어떤 정체성을 표출할지 고민하며 주체적이고 개성 있는 소비를 하게 되었다는 뜻이기도 하다. 돈으로 무엇을 사고팔 것인가. ‘돈쭐’은 그 질문에 대해 보다 폭넓은 답을 내놓는 행위다.

착한 사람은 보상을 받고 나쁜 사람은 벌을 받는다. 도덕과 배려, 선의의 기준들이 제각기 다른 와중에도 '인과응보'는 대개 모두가 한마음으로 추구하는 원초적인 정의다. 정의를 재단하는 검사도, 대변하는 변호사도, 심판하는 판사도 아닌 우리가 유일하게 권력을 가지는 순간은, 내 돈으로 밥 한 끼 사 먹을 때라고 생각한다. 어떤 것을 소비할지 결정할 수 있는 위치에 서기 때문이다. 선한 가게에서 밥 한 끼 사 먹는 것은 단순히 돈을 소비하는 것을 넘어 권력자로서 정의를 집행하는 일이다. 그렇기에 '쭐'이라는 뉘앙스 또한 가능하다.

혼을 내는 일은 권력자의 영역이므로. 선한 일을 한 사장님을 좋은 의미로 눈물 쏙 빠지게 해준다는 반어법이기도 하지만, 돈을 지불하는 입장으로서 우리가 어떤 대상을 혼낼 수 있는 위치라는 것을 은연중에 드러내는 단어이기도 하다. 사장님이 선의에 나서기 이전에 먼저 약자를 도와주지 않은 사회를 향한 면박인 것이다. '돈쭐'이라는 과시적이고 권력적인 표현으로, 우리가 세상을 조금 더 나은 방향으로 이끌었다는 자긍심을 표출하며 세상에 선전 포고를 한다.

'돈쭐'의 일화에 가장 많이 보이는
댓글 중 하나는 '세상은 아직 살 만하다'이다.
'돈쭐'을 통해 얻는 것은 단순히
주문한 한 끼를 넘어선, '위로'이다.
아직 이 세상이 선하게 돌아가고,
선한 행위를 하는 사람과 그 행위에 공감하는
사람들이 모인 공동체에 속해 있다는 안도감.

'돈쭐'은 한 사람이 아니라 보통 여러 사람이 우르르 몰려가 벌이는 일인 만큼, 소비하는 순간 이 가치에 공감하는 사람, 공동체, 커뮤니티를 보게 된다. 한 끼를 사 먹는 것뿐인데 연대에서 오는 위로를 얻는 것이다.

돈쭐과 같은 가치 소비가 주목받는 것은 우리가 이야기 즉, 스토리텔링에 반응하기 때문이기도 하다. 이제는 단순히 맛있고 분위기 좋은 음식점이 아닌 '플러스 알파'가 필요하다. 학교 다닐 때 유독 많이 찾았던 파스타 집이 있다. 결식아동과 소방 공무원에게 음식을 전액 지원하는 것으로 유명한 곳으로, 이곳이 특별한 이유는 이곳만이 가진 선한 이야기가 있기 때문이다. 파스타 한 끼를 먹는 일로 선한 일에 동참하고, 이런 공동체 안에 속해 있다는 위로를 얻고, 기꺼이 뜻을 모으는 사람들과 연대하는 기분을 경험할 수 있기 때문이다.
돈을 거래하는 것은 물질적인 가치를 계산하는 이성적인 행위다. 반면 용기와 위로를 주고받는 것은 추상적인 가치를 교감하는 감성적인 행위다. 재화가 아닌 가치에 기준을 두는 것, 가성비가 아닌 가심비를 추구하는 것은 우리가 어디까지나 기계가 아닌, 사람이기 때문이다. 지금 우리는 돈으로 '무엇이든' 살 수 있다.

당신의 툇마루는 안녕한가요?

퍼스널 스페이스

본가를 멀리 둔 친구들끼리 만나면 곧잘 나오는 우스갯소리가 있다. 가족은 잠깐 봐야 좋다는 것이다. 멀리 있으면 애틋하지만 며칠 가까이 붙어 있으면 금세 소동이 난다는 말이다. 나 또한 별반 다르지 않은 것 같다.
언젠가부터 우리는 거리를 두기 시작했다. '거리를 둔다'고 하면 옛날이나 지금이나 서운한 느낌이 든다. 그렇게 체화되었기 때문이다. 우리 가족, 우리 학교, 우리 모임 등 '우리'라는 수식어의 존재감이 남다른 끈끈한 관계주의 공동체에서 우리는(또 우리!) 언제나 남의 안부를 묻고 외롭지 않도록 챙기는 '정'의 정서를 강조해 왔다.

하지만 시대가 흘러 정을 가장한 지나친 관심을 무례한 침범이라 말하는 목소리도 있다. "가족인데 이런 것까지 허락을 구해야 해?"라든가 "너도 우리 반인데 같이 해야지" 등 '우리'라는 단어 앞에 나의 영역은 쉽게 힘을 잃었다. '함께'라는 가치를 추구한답시고 개별적인 영역을 죄다 하나의 용광로에 섞는 꼴이 되어, 그 끈끈하고 뜨거운 '정'에 숨도 못 쉬고 타들어 가는 사람들이 생긴 것이다. 그렇다면 너무 가깝지도 멀지도 않은, 적당한 거리감이란 뭘까. 정말로 물리적으로 자로 잰 만큼 한 발짝 물러서는 일일까.

난 '우리'를 '나와 너'로 쪼개는 일로부터 시작한다고 생각한다. 함께 있지만 각기 다른 외형과 성향, 배경과 가치관을 가진 나와 너. 한곳에 모여 수다를 떨다가도 때가 되면 돌아갈 각자의 집이 있는 우리.

한옥에는 '툇마루'라는 게 있다. 안쪽 방과 바깥 공간 사이에 자리한 마루로, 외부에 개방되어 있으면서 실내 공간들의 동선을 연결해 주고, 밖에서 안으로 들어갈 때 잠시 걸터앉아 옷매무새를 정리할 수 있는 생활의 완충 공간. 겨울에 밖에서 방으로 들어가기 전 찬 몸을 단계적으로 녹여 주기도 하는 이 공간은 옛날에는 이웃끼리 정을 나누던 공간이기도 했다. 집에서 음식을 가져와 함께 먹고 이야기꽃을 피우는 곳. 봄에는 만연한 봄 향기를 맡고 여름에는 풀벌레 소리를 듣고 가을에는 익어 가는 감나무를 바라보고 겨울엔 함박눈을 감상하는 곳. 이렇듯 자연스럽게 함께 머물 수 있는 공간에서 친밀하고 끈끈한 관계를 쌓아 나간다.

지금 우리에게도 이런 툇마루가 필요하다.

각자의 집이 있고, 나의 사생활을 보호할 수 있는

나와 너의 완충 공간.

'마음의 문을 연다'는 표현처럼

의식적으로 걸어 잠그거나 열어야 하는 문이 아닌,

너와 나 사이에 자연스럽게 열린 채로 존재하고,

서로의 선을 침범하지 않는 영역에서

정겹게 드나드는 공간인 것이다.

마음이 맞는 사람하고만 교류하고 싶은

지금의 우리에게는 퍼스널 스페이스,

툇마루가 필요하다.

내가 초대한 사람만, 또 나와 맞는 사람만이

안전하게 드나들며 안부를 물을 수 있는

어느 정도의 편안한 거리감이 흐르는 여유로운 공간.

지금, 당신의 툇마루는 안녕한가?

'나'를 돌보는 관계 맺기

반려00

세계, 평화, 천하, 태평, 소란과 소보루. 이들은 나와 함께 사는 식물들의 이름이다. 이외에도 6평짜리 내 집엔 나보다 나이 많은 선풍기, 8년 된 니트 조끼와 우산, 6년 된 배낭, 5년 된 노트북, 3년 반 된 지갑 등 많은 물건들이 함께 산다. 반려자를 넘어 반려동물, 반려식물 그리고 반려사물까지 우리는 사람이 아닌 다른 것과도 관계 맺는 방법을 배워 가고 있다. 새로운 영역을 탐구하는 개척자인 동시에, 버거운 부담으로부터 달아나는 도망자로서, 우린 지금 넌더리가 난 사람과의 관계에서 한 발짝 발을 떼 다른 곳으로의 이주를 시도하고 있는지도 모른다.

사람에게는 종종 실망과 분노를 느낀다. 인간관계에서 감정적 소모는 필수다. 예전에는 그런 관계들도 어떻게든 잘 끌어안고 가는 것이 미덕처럼 여겨졌지만, 요즘 우리는 인간관계를 맺고 끊는 것에 훨씬 자유로워졌다. 내 감정을 소모시키는 사람과는 단번에 손절하고, 굳이 많은 걸 희생하면서까지 인생의 동반자와 함께해야 한다는 필요성도 느끼지 않는다.

'돌봄', 그것은 반려의 본질이다. 사람은 끊임없이 '돌볼' 수 있는 상대를 찾아 나선다. 내 힘이 닿고, 그럼으로써 변할 수 있는 지점을 확인하고 싶어하기 때문이다. 우리는 이왕이면 내게 생산적인 감정을 줄 수 있는 관계를 맺고자 한다. 그래서 사람과 동물을 넘어 식물, 더 나아가 사물을 돌본다. 사실 그것은 곧 나 자신을 돌보는 일이기도 하다. 그 은밀한 교감은 서서히 그것과 나, 그리고 내면의 나를 이어 주는 특별한 이야기를 만든다.

한편, 우리의 취향이 한층 더 세밀해지고 모든 것을 자기표현의 수단으로 바라보게 되면서 '반려'의 의미가 더욱 확장되었다. 나를 둘러싼 모든 물건이 취향을 반영하고 내가 원하는 무드를 발산하길 바라게 된 것이다. 이미지와 이야기로 소통하는 사회에서 나와 공명하는 물건은 곧 내가 어떤 사람인지를 표현한다. 그렇기에 하나를 사더라도 가성비보다 가심비를 만족시키는, 곁에 두고 보면 볼수록 기분이 좋아지는 물건을 고른다. 사물과의 교감을 통해 나의 솔직한 취향과 마주하고, 스스로를 가꾸는 뿌듯함을 느낀다.

또한 '홈꾸'가 유행하면서 플랜테리어, 아트 오브제 등의 단어가 등장하고, 생필품이 아닌 '취향의 아이템'이 집 안 곳곳에 들어오기 시작했다. 집에서 매일 마주하는 사물에 애착을 갖고 내 손길로 고유한 흔적을 만들어 가는 즐거움을 느끼는 것이다. 특히 미니멀리즘이 부상하면서 사물의 의미가 더욱 강조되었다. 물건을 무조건 버리고 비우는 것이 아닌, 나에게 의미 있는 물건만 곁에 둠으로써 공간을 비울 땐 무엇을 왜 남길 것인지, 새로운 물건을 살 땐 내게 어떤 의미가 있고 오래 곁에 두고 쓸 물건인지 생각해 보게 된다.

흥미가 떨어지면 쉽게 버리는 대신, 오랫동안 깊은 관계를 맺는 것은 이 시대에 필수적인 가치가 된 '지속가능함'에 이바지하는 행위이기도 하다. 사람을 벗어나 동물, 식물, 사물과의 관계를 도모하는 일을 넘어 환경까지 돌보는 일인 것이다. 이러한 반려 개념의 확장은 '함께'의 범위를 넓힌다. 사람과 물리적, 심적으로 얽히는 것이 부담스러워진 시대에서도 여전히 '함께'라는 가치를 새롭게 모색하려는 태도가 깃들어 있다. 동물과 식물과 사물과 환경 그리고 그 안에서 발견하는 진정한 '나'와 더불어 사는 삶을 일군다. 관계에 종속되는 것이 아닌, 관계를 바탕으로 나를 표현하는 방식을 배우는 것이다. 이로 인해 사람과의 관계에서도 더 주체적이고 긍정적인 관계를 맺어 나갈 수 있다는 생각이 든다.

문지방 너머의 삶

코리빙 & 코워킹

주말마다 작업할 거리를 쑤셔 넣은 가방을 들쳐 메고 카페에 간다. 커피를 마시며 작업하다가 노트북이나 책을 펴놓고 공부하는 사람들을 흘끔 본다. 저마다 사뭇 진지한 표정으로 각자의 일에 몰두하고 있는 것을 보면, 나도 힘내서 일해야겠다는 의지가 생긴다. 똑같은 일을 하는 것도 아닌데 뭔가를 열심히 하고 있는 이들과 한 공간에 있으면 왠지 유대감이 느껴지는 것 같다. 비슷한 일상을 공유하는 사람들과 느슨하게 연결되는 듯한 이 느낌이 좋아서 난 오늘도 6평짜리 작은 내 방을 나선다.

언제부턴가 삶은 '스타일'이 되었다. 이른바 '라이프 스타일'의 부상은 그 기반을 마련해 줄 가장 기본적인 공간인 '집'에 더 많은 역할을 요구하게 되었다. 이제 집은 단순히 추위를 피하고 잠을 잘 수 있는 것을 넘어 공부나 독서하기에 쾌적해야 하고, 퇴근 후엔 운동과 요가를 할 수 있고, 요리를 하거나 커피를 마실 수 있어야 하며 누군가와 함께 일하거나 대화할 수 있는 공간이어야 한다. 하지만 그런 조건을 다 갖춘 집에서 산다는 건 어쩌면 누군가에게는 꿈같은 일이다. 그렇다면 묘책은 '초근접 인프라'를 갖추는 것이다.

작은 방에 고립된 듯한 기분에서 벗어나 언제든 바깥으로 나가 더 풍족한 라이프 스타일을 즐길 수 있도록 다양한 공용 공간을 갖춘 주거 형태, 바로 코리빙이다. 욕실이나 방은 독립적으로 사용하지만 주방과 라운지, 독서실, 운동 공간, 카페, 루프탑 등 생활을 한층 풍요롭게 만들어 주는 공간은 타인과 공유한다. 여건상, 내 사적인 공간에 모든 걸 들이지는 못하지만 독립적인 생활을 즐기는 동시에 커뮤니티에도 속하는 '따로 또 같이'의 풍족함이 있는 것이다.

에디터로 국내의 대표적인 코리빙 하우스 '맹그로브'를 취재했을 때, 이런 질문을 한 적이 있다. "팬데믹 이후, 새로운 '공유'의 개념을 맞이해야 하는 시대가 온 것 같아요. 코로나 시대에 지속가능한 코리빙 주거를 어떻게 바라보나요?"

"활동의 경계가 집으로 한정되고
재택근무와 원격 수업이 늘어나면서
집의 기능과 역할이 더욱 중요해졌어요.
맹그로브의 코워킹 라운지는
'집 안의 최적화된 근무 공간'이 되었고,
커뮤니티 라운지와 카페, 루프탑은 락다운 중에도
최소한의 소셜라이징을 가능하게 해 주었죠.
몇 평 안 되는 고립된 원룸보다
3~400평에 달하는 코리빙이
오히려 안전한 공존을
만들어 준 거예요."

바깥과 연결되길 바라지만 멀리 가기는 싫은(심지어 팬데믹으로 인해 더욱 제한당하게 된) 우리에겐 언제든지 자율적으로 취할 수 있는 인프라가 늘 가까이 필요하다.

일본의 저널리스트 사사키 도시나오는 공유 주거에 대해 '생활은 외부를 향해서 열려 있다'고 표현했다. 엄격하고 폐쇄적인 공간에서 자기 완결을 추구하는 것이 아닌, 바깥 세계를 적극적으로 활용하고 교류하면서 느슨한 연결을 추구하는 것이 '지속가능한' 삶의 방식임을 담은 말이기도 하다. 우리는 자유롭게 지낼 수 있는 혼자만의 공간을 필요로 하는 동시에 끊임없이 문지방 너머 흥미로운 라이프 스타일과 사람과의 만남을 갈구한다. 그래서 따로 또 같이 살며, 일하고 싶어한다. 그 지속가능한 욕구를 실현하는 주거와 업무 형태가 바로 코리빙과 코워킹이다.

내게 정당한 취향, 연대로의 접화

인증 문화

요즘 아침마다 나 자신과 불꽃 튀는 전쟁을 치르는 중이다. 며칠 전부터 도전한 미라클모닝 때문이다. 해 뜨기 전에 일어나면 합격, 이미 밖이 환하면 불합격이다. 합격인 날은 인스타그램 스토리에 사진을 찍어 올린다. '미라클모닝 2일차', '칠전팔기 시도 중', '몇 년 만에 먹는 시리얼', '여유로운 아침', '해 뜨는 건 왜 이렇게 금방인지!'. J에게 이런 고군분투를 하고 있다고 하니 자기도 도전해 보겠다며 서로의 여정을 공유하자고 했다. "아, 인증 샷도!" 하면서.

'어떤 행위가 정당한 절차로 이루어졌다는 것을 증명하는 것', 이것이 사전적 '인증'의 정의다. 말마따나 우리는 늘 증명하기 위해 고군분투하고 있다. 공부나 운동 등의 하루 목표 일정량을 채우고 시간을 기록하고, 유명한 포토 스팟에 방문해 인증 샷을 찍고, 백신을 맞고 투표에 참여하고 청원에 동의했다는 캡처 화면을 올린다. 그렇게 '인증'이라는 형태로, 개인의 기록과 취향과 입장이 SNS라는 광장에서 공공연하게 울려 퍼진다.

어쩌면 우리는 줄곧 증명하는 삶을 살아왔는지 모른다. 속해야 하고, 어울려야 하고, 이단적이지 않고, 통과되는 삶. 학창 시절부터 선생님께 시험과 숙제들을 확인받고, 등교할 때면 복장을 검사 맡고, 또래 친구들의 무리에 속하고, 좋은 대학에 가기 위해 열심히 공부해 왔다. 그 와중에 '노잼'으로 불리지 않기 위해 유행도 좇았다. 내가 속한 공동체의 도덕, 취향, 흐름에 잘 어울리고, 이 공동체의 어엿한 일원이 될 수 있다는 것을 끊임없이 어필하면서.

20대가 된 이후에도 우리는 습관처럼 증명하는 삶을 이어왔다. 그러다 SNS로 개인의 목소리를 낼 수 있게 되자, 나를 인증하는 또 하나의 무대로 삼기 시작했다. SNS에서의 인증 문화를 두고 남을 지나치게 의식하는 현대 사회의 폐단이라고 하는 이들도 있지만, 적어도 예전과 달리 내가 취하고 싶은 입장을 스스로 결정한다는 점에서 사뭇 긍정적인 면이 있다. 뜻이 맞는 청원에 동의하며 '가치관'을 인증하고, 좋아하는 식당을 도장 깨기 하며 '취향'을 인증하고, 스스로 정한 목표에 도전하면서 '노력'을 인증한다.

공동체로부터의 낙오나 벌점을 담보로 한 강제적 인증이 아닌, 스스로 정당하다 판단하고 싶은 인증 행위를 함으로써 나에게 자발적인 합격을 내리는 것이다. 그렇기에 인증은 곧 나의 정체성을 표현하는 행위다. 미라클모닝을 인증하면서 '아침 시간을 효율적으로 쓰는 성실한 사람'이 되고 싶다는 열망을 표출하고, 남들은 나를 '갓생'을 사는 부지런한 사람으로 인식하게 된다. 남에게 보여지는 특성이 오히려 내가 무엇을 보여 주고 싶은지 더 진지하게 고민하게끔 하고, 그 과정 속에서 나의 정체성은 더욱 굳건해진다. 그렇게 내가 인증한 것들은 곧 나를 나이게끔 하는 것들, 나를 정당하게 하는 것들이 된다.

인증은 기록의 또 다른 형태이기도 하다. 미라클모닝 1일차, 2일차 나아가 3일차를 인증하면서 나의 오롯한 성장 과정을 기록했다. 그 기록이 쌓여갈 때마다 스스로 잘하고 있다는 확신을 얻고, 꾸준히 하고자 하는 의지를 불태우게 되었다. 한편 분위기 좋은 카페에서 글 쓰는 걸 좋아해 매주 다른 카페에 가서 인증 샷을 남기는데, 그럴 땐 내 취향에서 더 나아가 취향을 탐험하는 열정적인 순간들을 기록하고 있는 것처럼 느껴지기도 한다.

또한 인증을 통해 나의 가치관은 더욱 강력한 힘을 가진다. 정리되지 않은 날것의 상태였던 가치관은 '인증'이라는 공공연한 행위를 통해 비로소 목소리를 가진다. 사회적 이슈에 대한 분노를 두서없이 표출하는 대신, 인권 운동에 참여하고 해시태그를 남김으로써 그 문제에 공감하는 사람들과 보다 끈끈한 연대를 이루게 되는 것이다.

Keep Every Lifestory Weird!

로컬

‘전주의 딸’, 에디터로 일할 때 대리님이 지어 준 내 별명이다. 전주의 매력을 꼭 알리겠다는 원대한 사명감을 떠벌리고 다녀서였다. ‘디앤디파트먼트’라는 브랜드를 좋아해서 지역의 매력을 발굴하는 일에 매료되어 있던 탓도 있지만, 전주인으로서 정말로 전주에 있는 공간들이 널리 사랑받고, 지역이 가진 고유의 감성이 ‘먹힐’ 거라는 자신이 있었다. 그렇게 에디터가 되자마자 전주 객사 옆 웨딩의 거리(요즘은 객리단길이라 부르는)의 카페와 디자인 스튜디오를 차례차례 취재했다. 말하자면 난 전주에서 벌어지는 이런저런 이야기를 발신하는 기지국이 되고 싶었던 것이다.

혼자 고군분투할 필요 없이, ‘로컬’은 이미 매력적인 소재다. 예전엔 단순히 ‘로컬 푸드’, ‘로컬 여행’ 등 특정 명사를 수식하는 형용사였지만 이제 그 자체로 하나의 문화적 장르를 일컫는 고유 명사가 되었다.

부산, 경주, 전주, 하동 등 지역마다 다른 색과 에너지가 떠오르듯, 각 고장은 언젠가부터 고유의 비주얼과 톤앤매너가 있는 브랜드가 되어 가고 있다. 꼭 지방이 아니더라도 서울의 여러 동네와 골목 또한 그 동네만의 분위기로 사람들을 끌어모으기 시작했다. 바로 그러한 각기 다른 개성 있는 비주얼과 일상의 모습들이 '다름'을 추구하는 힙스터들을 사로잡았다.

'KEEP PORTLAND WEIRD!' 로컬 운동의 상징이자 힙스터의 도시라고 일컬어지는 미국 포틀랜드에 가자마자, 이런 문구를 마주했다. 이 당찬 슬로건에서 근사한 타 도시나 문화를 모방하지 않고, 뚝심 있게 우리만의 스타일로 색다르고 이상한 도시를 만들어 가자는 포틀랜드의 개구진 포부가 느껴졌다. 역시나 처음 방문한 포틀랜드는 무척 여유롭고 풍족한 분위기가 흘렀다.

거리마다 로컬 크리에이터들의 제품을 소개하는 개성 있는 편집숍이 늘어서 있고, 동네의 상징인 '파웰북스' 서점과 '부두도넛'에는 여행객뿐 아니라 주민들의 발길 또한 끊이지 않았다. 포틀랜드 주립 대학은 주말이 되면 로컬 장터 '파머스마켓'으로 변신하고, 남다른 향토애를 지닌 동네 사람들은 어디에나 있는 스타벅스 대신 지역의 로스터리에서 커피를 마셨다. '슬로우 라이프'를 표방하며 나온 매거진 〈킨포크(Kinfork)〉가 이곳에서 태생한 것도 그리 이상한 일이 아니다.

그동안 소외되었던 것에서도 새로운 멋을 발견할 줄 알고, 많이 노출된 전형적인 이미지에서 벗어나 비주류의 개성 있는 이미지에 호기심을 갖게 된 우리에게 로컬은 나의 취향을 탐험하기 위한 좋은 무대다. 그 스릴 넘치는 탐험에 그동안 미처 상상해 보지 못한 로망의 장면을 투사해 보기도 한다. 뿐만 아니라 로컬은 스타일을 넘어 스토리를 가진다. 말하자면, 라이프 스타일이 아닌 '라이프 스토리(Life story)'인 것이다.

지역에는 땅 위에, 사람 사이에, 생활 속에
켜켜이 쌓인 시간과 이야기가 존재한다.
따라서 지역과 교감하는 일은
이 땅에서 만들어진 이야기의 바통을 이어받아
릴레이 소설을 쓰는 일과 같다.
이 땅에서 어떤 일을 도모하건
지역에 깃든 뚜렷한 시공간과 섞이면서,
그저 그곳에 존재하는 것만으로도
고유한 서사를 가진 콘텐츠로 탄생한다.
그렇게 우리는 이곳에서
일상을 꾸려 가는 주인공인 동시에
모두가 주인공인 스토리텔러다.

1판 1쇄 발행 2022년 9월 30일

글·그림 소원
펴낸이 양승윤

펴낸곳 (주)와이엘씨
출판등록 1987년 12월 8일 제1987-000005호
주소 서울특별시 강남구 강남대로 354 혜천빌딩 15층 (우)06242
전화 02-555-3200
팩스 02-552-0436
홈페이지 www.ylc21.co.kr

ISBN 978-89-8401-851-8 03810

모베리는 다양하고 창의적인 생각과 세상의 모든 이야기를 담은
(주)와이엘씨의 출판 브랜드입니다.

Special thanks to 20's interviewee

성은지 · 윤란 · 세모 · 보리 · 이서현 · 노소영 · 신희원 · 조혜인 · 이현지 · 홍승현 · 박혜리
정소희 · 김지민 · 조안 · 양명호 · 구지윤 · 김승현 · 이지원 · 최하림 · 비록 · Sisy · 최은우 · 김은혜
이종현 · 박소민 · 더현 · 조혜영 · 김민영 · 이지구 · 밥작 · 김유정 · 허가현 · 오렌지걸 · 하연
김유주 · 채연 · 채리미 · 김준범 · 미이미 · 페미에끄 · 브라이티 · 박민성 · 지우 · 민혁 · 혜경리 · 우미제 · 현아
충희 · 최공이산 · 블루리본 · 강뜸지 · 동은이 · 주가평 · 이선 · 말랑 · 수지98 · 두유두유 · 자두 · niko · 몽
우주 · 블랙면 · 영우 · 그림쟁이 · 로켓999 · 은미라 · 보람둥이 · 이정아 · 윤민호 · 오윤아 · 주훈 · 이승민
전종우 · 이승환 · jjj070862 · minyoung22222 · 코기좋아 · 모모언니 · 셀리 · 사이다 · 초록운동장 · 진보름
번개야 · 차은우 · 꿈1210호 · 이도우 · 행복한우산 · 스테이 · 블루캣 · 냥집사99 · 러브제니 · 오늘0210
김하성 · 윤국 · 이호진 · 주민재 · 박태오 · 김예지 · 이진솔 · 오소연 · 칸초 · 김다은 · 식빵코 · 말괄량이쪼쪼